로크미디어가
유혹하는
재미있는 세상

ROK
MEDIA
로크미디어

이것이 법이다

이것이 법이다 117

2021년 8월 9일 초판 1쇄 인쇄
2021년 8월 12일 초판 1쇄 발행

지은이 자카예프
발행인 김정수 강준규

기획 이기헌 왕소현 박경무 강민구
책임편집 최전경
마케팅지원 배진경 임혜솔 송지유 이영선

발행처 (주)로크미디어
출판등록 2003년 3월 24일
주소 서울시 마포구 성암로 330 DMC첨단산업센터 318호
Tel (02)3273-5135 **편집** 070-7863-8592 **Fax** (02)3273-5134
홈페이지 rokmedia.com **E-mail** rokmedia@empas.com

ⓒ 자카예프, 2015

값 8,000원

ISBN 979-11-354-8920-4 (117권)
ISBN 979-11-255-9575-5 04810 (세트)

이것이 법이다

117

자카예프 장편소설

ROK
MEDIA
로크미디어

CONTENTS

탐욕은 죄악을 이긴다

"의외로…… 노 변호사님이 말씀하신 대로 돈을 받아 가는 사람들이 많습니다."

하이드 맥핀은 놀랍다는 듯 말했다.

비공식적인 부분임에도 불구하고 많은 여자들이 돈을 받아 갔다.

도리어 몇몇은 자신들의 관계를 비밀로 해 달라는 요구까지 하기도 했다.

"전에도 말했다시피 과거의 누군가와의 관계는 부잣집 도련님을 꼬실 때 치명적인 부분이거든요."

그러니 돈은 챙기되 미래에 꼬실 부자를 위해 관계는 없는 걸로 만들어 달라는 거다.

"이제 어지간하면 추가 고소는 안 들어올 겁니다."

물론 아예 안 들어오지는 않을 것이다.

하지만 진짜 증명하기 힘든 관계를 가졌던 사람이 아니라 돈을 뜯어내기 위해 일단 고소하는 놈들일 테니까, 그들을 대상으로 싸우기는 쉬울 것이다.

"남은 건 이 네 건의 사건들을 해결하는 거네요."

노형진은 그렇게 말하며 서류를 다시 확인했다.

"에바 번치와 하이젠 밀러, 에밀리 크루거 그리고 사카모토 준코."

네 명의 자칭 피해자들.

그들에 대한 조사는 충분히 되어 있었다.

"에바 번치는, 아실 테지만 데이튠즈의 기자였습니다. 하이젠 밀러와 에밀리 크루거는 파티에서 만났고 사카모토 준코는 비서로 일했습니다."

노형진은 머리를 북북 긁었다.

"그러면 일단 에바 번치 사건부터 해결하죠."

"사건 경위는 아시죠?"

"알지요."

별장에까지 갔다 온 에바 번치는 며칠 후에 고소를 진행했다.

그녀는 위력에 의한 강간을 주장했으며, 그로 인해 사건이 커진 것이다.

'에바 번치는 알면서도 고소한 걸까, 아니면 몰라서 고소한 걸까?'

사실 제린 닉스가 지금까지 여러 여자들을 만났지만 별장에까지 데리고 간 여자는 에바 번치가 유일했다.

자신의 개인적인 공간에, 그것도 공개되지 않은 공간에 데리고 갔다는 것.

그건 제린 닉스가 지금까지와 다르게 진지하게 관계를 생각했다는 걸 의미한다.

'그냥 조용히 있었다면 결혼까지 했을지도 모르지만……'

노형진은 이내 고개를 흔들었다.

그럴 가능성은 낮다.

그녀는 페도필리아, 즉 소아성애자다.

그런 그녀가 자신보다 스무 살이나 연상인 제린 닉스의 구애를 받아들일 가능성은 낮다.

"일단 에바 번치 사건에 대해서는 재미있는 정보가 있습니다."

"재미있는 정보요?"

"네. 그녀가 소아성애자라는 이야기가 있습니다."

"그게 무슨 말입니까? 그녀가 소아성애자라니요?"

"미다스의 정보력이야 유명하지 않습니까?"

"그래도 그렇지……."

이건 상상도 못 한 정보다.

물론 이걸 가지고 사건을 뒤집을 수는 없다.

강간이라는 것 자체가 힘과 위력으로 강제로 하는 행동이기에 그녀가 페도필리아라고 해도 성립할 수 있으니까.

"하지만 그녀의 법률적인 순수성에 심각한 타격을 줄 수 있지요."

미국에서 강간범이 먹는 욕이 10이라면 아동 성범죄자는 100쯤 된다.

"그러면 배심원들이 이쪽으로 많이 넘어오겠군요."

"맞습니다."

"그러면 피해자는?"

"그건 저도 모릅니다. 하지만 그녀의 동선을 확인해 보면 될 겁니다."

노형진은 그녀가 3년 후에 아동 성범죄로 잡혀 들어간다는 건 알지만 그 아이들이 누군지는 모른다.

모를 수밖에 없다.

미국 정부에서는 피해자 공개를 하지 않으니까.

그러나 그녀는 기자다.

아무래도 직업적으로 아이들과 직접 관계를 맺을 만한 일은 별로 없다.

"바로 동선을 확인해 보겠습니다. 이건 진짜 생각지도 못한 정보군요."

하이드 맥핀은 잔뜩 흥분한 표정이었다.

"에밀리 크루거와 하이젠 밀러 사건은······."

노형진은 테이블을 톡톡 두들겼다.

그들이 만난 곳은 파티장이다. 그리고 그녀들의 뒷조사를 보면 별건 없다.

즉, 일종의 파티를 띄우는 목적으로 초청된 사람들이라는 거다.

"그날 파티의 주최 측과 접촉해 보세요."

"네? 주최 측과요?"

"네, 그리고 그 연락처를 알아 오세요. 그런 곳에 들어갈 수 있는 사람들은 많지 않습니다. 두 사람 다 외모가 상당하기는 하지만 모델급이 없는 것도 아니니, 결국 그들이 그 파티에 참석했다는 것은 누군가가 초청하거나 초대했다는 걸 의미합니다."

"아하! 그러면 그 안에서 계약 조건 같은 걸 알아볼 수 있겠군요."

"네."

실제로 이런 유의 파티는 분위기를 띄우기 위해 여성을 고용하고, 몇몇 경우는 내부에서의 성관계에 관한 특약을 넣기도 한다.

물론 불법이기는 하지만 그런 걸 별로 신경 쓰지 않는 것이 사실이다.

"그리고 파파라치들에게 현상금을 거십시오."

"현상금요?"

"네. 제린 닉스는 데이튠즈의 대표입니다. 그에게도 파파라치가 붙을 수 있지만 그가 만나는 대상에게도 파파라치가 붙을 수 있습니다. 사건이 일어난 시기에 촬영된 사진을 회수해서 분석하다 보면 뭐든 나올지도 모릅니다."

하이드 맥핀은 자신도 모르게 혀를 내둘렀다.

파파라치는 생각도 못 했으니까.

실제로 제린 닉스에게 파파라치가 붙을 가능성은 높지 않지만 노형진의 말대로 붙었다면, 그때 촬영한 영상에 증거가 있을지도 모른다.

"마지막으로 사카모토 준코 사건이 문제인데……."

그녀는 비서였고 상시 붙어 다녔다. 그리고 제린 닉스 역시 그녀와 성관계를 한 것을 인정했다.

"최악의 포지션이네요."

비서라는 특성상 위계에 의한 강간에 절대적으로 노출될 수밖에 없는 위치이고 더군다나 실제 성관계까지 했다.

그런 만큼 그녀의 고소는 다른 사건과 다르게 무척이나 신빙성이 높다.

"일단 사카모토 준코 사건은 가장 늦게 시작된 것인 만큼 급한 것부터 처리합시다. 제린을 감옥에 보내기는 싫으니까요."

"그러지요."

하이드 맥핀은 고개를 끄덕거렸다.

이제는 진짜 바쁜 시간이었다.

⚖

에바 번치의 과거 동선을 추적하는 것은 어려운 일이 아니었다.

일단 그녀가 기자로서 살아온 시간은 길지 않았기 때문이다.

그녀는 원래 중학교 선생님이었고, 학교를 그만두고 기자로 활동한 지 얼마 되지 않았다.

애석하게도 기자로 활동하면서 큰 이슈를 찾아내거나 한 적은 없었다.

당연히 노형진은 에바 번치가 있던 학교에 가서 교장을 만났다.

물론 교장은 그다지 우호적이지 않았다.

"무슨 말도 안 되는 소리를 하는 겁니까! 에바 번치 선생님은 그럴 분이 아닙니다!"

"확신하십니까?"

"그래요! 그분이 얼마나 헌신적으로 아이들을 가르쳤는데요."

"헌신에는 여러 가지가 있지요."

노형진은 느긋하게 교장의 맞은편 의자에 앉았다.

"몸도 마음도 너무 헌신적이었던 것일 수도 있습니다."

"말도 안 됩니다!"

"말도 안 된다고 생각하지 않습니다. 제가 원하는 건 단 하나입니다. 그녀가 가르쳤던 학생들의 명단."

"그걸 드릴 수는 없습니다."

사실 노형진이 무리한 요구를 하고 있는 건 맞다.

상식적으로 모든 자료를 줄 수는 없는 노릇이다.

"그러면 학교 측에서 나서서 사건을 조사해 볼 수는 있지요?"

"불가합니다."

너무나도 당연하게 불가를 외치는 교장.

노형진은 어깨를 으쓱했다.

"그러면 별수 없지요."

그리고 순순히 물러났다.

교장은 오히려 미심쩍은 표정으로 그를 배웅해야 했다.

하이드 맥핀은 당황해서 노형진을 따라왔다.

"미스터 노, 이대로 물러나는 겁니까? 이러면 우리가 불리합니다. 어떻게 해서든 에바 번치에 대해 알아내야 합니다."

"그렇지만 저쪽 말이 틀린 것도 아닙니다. 사실 우리가 요구한다고 해서 저들이 주지는 않을 거 아닙니까?"

그들은 변호사이니 사법권이나 압수수색영장이 없다.

그리고 개인 정보는 무척이나 예민한 거라 학교에서 주는
것이 조심스러운 것도 사실이다.

"그러면 도대체 왜 온 겁니까?"

"다른 먹잇감을 뽑기 위해서죠."

"네? 그게 무슨 말씀이십니까? 먹잇감?"

"지금 데이튠즈는 심각하게 공격받고 있습니다. 그렇지
요?"

제린 닉스로 인해 공격받는 데이튠즈는 정작 뭐라고 할 수
있는 게 하나도 없다.

자기 사장을 공격하기도 그렇고 안 하기도 그렇다.

"그러니 데이튠즈에도 먹잇감을 줘야 합니다. 그러기 위
해서는 우연을 가장해야 하지요."

"우연?"

"그렇습니다. 만일 우리가 에바 번치에 대해 조사하고 그
녀가 페도필리아라는 사실을 공개한다면, 우리는 사건의 조
작이라는 역풍도 감수해야 합니다."

"아…… 그 부분을 생각 못 했군요."

페도필리아 사건은 오래갈 수밖에 없는 사건이니 당연히
데이튠즈에서 먼저 공개하면 조작의 의심을 안 받을 수가 없
다.

"그러니 우리가 아닌 다른 쪽에서 그걸 터트려야 하지요."

"그러면?"

"애초부터 교장이 자료를 주지 않을 건 알았습니다. 하지만 지금 저는 에바 번치에 대한 의심을 심었지요."

노형진은 싱긋 웃으며 말했다.

"그리고 우리는 학교 학군? 미국에서는 뭐라고 해야 하는지 모르겠네요. 하여간 이 학교가 커버하는 구역의 학부모들에게 에바 번치의 이름을 빼고 페도필리아에 대한 조사를 시작할 겁니다."

"……!"

학생들의 주소? 애초에 필요가 없었다.

학교의 목적은 결국 정해진 지역 내의 아이들을 데리고 와서 가르치는 것이다.

뉴욕에 있는 학교에 필라델피아에 사는 아이들이 다니지는 않는다.

"우리가 사람을 풀어서 그 지역의 페도필리아에 대한 조사를 시작하면 누군가에게서는 그 말이 나올 수도 있지요."

"그런……."

아이들은 겁먹고 이야기를 안 할지도 모른다.

하지만 조사가 시작되면 부모들은 공포에 질릴 수밖에 없다.

실제로 발육이 빠른 미국의 아이들이 페도필리아에게 노출되는 사건이 많으니까.

"혹시나 해서 물어보면 한 명쯤 대답할지도 모르지요."

그다음부터는 눈덩이가 굴러가며 저절로 커지길 기다리면 된다.

설마 하던 사건이 진짜로 터지고, 그 이후에 학부모들은 이상함을 느끼기 시작할 것이다.

"그리고 적당한 사회단체를 전면에 내세워서 아동 상담사를 동행한 상태에서 지역 내 모든 아이들에 대한 검사를 하면 됩니다."

그렇게 되면 에바 번치는 벗어나지 못하게 될 것이다.

"그러니 이제 소문을 낼 시간입니다, 후후후."

⚖

"앤드류가 이상하지 않아요, 여보?"

"무슨 소리야?"

"아니…… 요즘 이상한 소문이 돌더라고요."

"소문?"

힘든 몸을 이끌고 퇴근한 티퍼는 아내의 말에 짜증이 확 올라왔다.

"또 무슨 헛소문을 듣고 그런 소리를 하는 거야? 제발 나도 좀 쉬자."

"아니, 그런 문제가 아니라니까요. 이쪽 동네에 페도필리아가 있다는 소문이 있어요."

"뭐?"

티퍼는 소름이 쫙 돋았다. 그건 금시초문이니까.

"그럴 리가. 내가 그걸 몇 번이나 확인했는데?"

티퍼는 자경단원이다.

그래서 이 지역에 성범죄자나 아동 성범죄자가 있는지 수시로 갱신 내역을 확인한다.

미국은 한국과 다르게 그런 놈들을 무조건 공개하기 때문이다. 그런 범죄는 워낙 재발 가능성이 높으니까.

"내가 마지막으로 확인했을 때 페도필리아는 없었는데?"

그런 놈이 있다면 자경단의 1순위 감시 대상이고 온 동네가 불안해지는 문제다.

"아직 걸리지 않은 페도필리아라네요."

"아직 걸리지 않은 페도필리아?"

"네. 기자들이 조사에 들어갔다고 몇 가지 질문을 하고 다녔어요."

"이런 씨발."

차라리 한 번 걸린 놈은 감시라도 가능하지, 아직 안 걸린 놈은 특정도 안 되어서 감시도 못 한다.

그러고 보니 아들인 앤드류의 행동이 이상하기는 했다.

언제부터인가 뭔가 감추려고 하고 두려워하는 모습을 보였다. 처음에는 사춘기인가 싶었는데…….

"그거 진짜 헛소문 아냐?"

"나도 헛소문이면 좋겠어요. 기자들도 누군지 확정은 못 하고, 그냥 소문이 있어서 추적 중이라고만 하더라고요."

"헛소문이면 좋겠는데……."

티퍼는 불안감에 가득 차 아들이 있는 방을 바라볼 수밖에 없었다.

그리고 며칠 후, 그는 생각지도 못한 상황에 침을 꿀꺽 삼켰다.

"하우어가 당했다고?"

"네. 하우어네 집 지금 난리가 났어요."

이상한 소문이 돌자 혹시나 하는 마음에 부모들은 아이들에게 이런 일이 없었느냐고 물었고, 대부분은 모른다, 또는 그런 일 없었다고 대답했다.

하지만 마음 약한 하우어는 결국 자신이 당한 일을 부모에게 이야기했고, 하우어의 부모는 말 그대로 뒤집어졌다.

"범인이 누구래?"

"아직 수사 중이라고, 경찰이 말하지 말라고 했대요."

"미친 경찰 놈들! 이러니까 누구를 믿어!"

페도필리아는 심각한 문제다.

물론 경찰이 걱정하는 건 안다.

농담이 아니라 진짜로 페도필리아가 마을에 있으면 총에 맞아 죽어도 이상하지 않기 때문이다.

"하여간 부모들 모두 다시 확인한다고 난리예요."

"앤드류는 뭐래?"

"자기는 모른다는데……."

"그러면 다행인데……."

불안감이 티퍼를 잠식해 가고 있을 때 누군가 문을 두드렸다.

"계신가요?"

"누구십니까?"

티퍼는 슬쩍 문을 열고 상대방을 확인했다.

깨끗한 정장을 입은 남녀 두 명이 서 있었다.

"저희는 어거슨아동심리검사학회에서 나왔습니다."

"어디요?"

"어거슨아동심리검사학회입니다. 이 지역의 소식을 듣고 찾아온 겁니다."

티퍼는 눈을 찌푸렸다.

"거기서 왜 온 겁니까?"

"이 지역에 페도필리아 관련 제보가 접수되었습니다. 페도필리아 문제는 기본적으로 아동의 억압과 관련되어 있기 때문에 단순히 부모의 질문으로 해결되지 않는 경우가 많습니다."

"그래서요?"

"그래서 저희가 아이들의 정서 안정을 위해 급하게 파견된 겁니다. 이 지역의 독지가가 자금을 지원해 주시기로 했습니다."

그렇게 말한 두 남녀 중 여자가 고개를 슬쩍 돌렸다.

그녀는 한쪽에 있는 자전거를 보면서 말했다.

"혹시 이 집에도 아이가 있나요?"

"있지요."

안 그래도 불안해 죽을 맛이던 티퍼는 몸을 비켜서 그들이 안으로 들어오게 했다.

"안 그래도 애가 요즘 이상한 행동을 해서 그러는데, 도와주실 수 있습니까?"

"기꺼이요."

두 사람은 집 안으로 들어왔다.

그리고 몇 시간 후, 티퍼의 집에서는 분노에 찬 고함 소리가 터져 나왔다.

⚖

"나와, 이 개년아!"

"대가리에 총구멍을 내겠어!"

분노한 사람들이 에바 번치의 집으로 몰려들었다.

그들은 집으로 돌과 계란을 던졌고, 몇몇은 총까지 들고 와 당장이라도 에바 번치를 쏴 죽일 기세였다.

"진정하세요!"

"진정? 진정하게 생겼어!"

샷건을 들고 온 티퍼는 눈이 돌아가 있었다.

"티퍼! 그거 내려놔요!"

"못 내려놔! 죽일 거야! 죽일 거라고!"

고작 열세 살짜리 아이를 에바 번치가 수차례 강간했다는 사실에 티퍼는 눈이 돌아갈 수밖에 없었다.

티퍼뿐만이 아니었다.

부모가 윽박지르면서 물어본 것과 아동 심리 전문가가 동석해서 한 질문에 대한 답은 너무 달랐다.

피해자가 무려 네 명이었다.

"비켜! 죽여 버릴 거야!"

"제발, 티퍼! 우리 이러지 말아요. 나는 당신한테 총 쏘기 싫어요."

경찰도 이곳에 사는 동네 사람이다.

"저도 죽이고 싶어요. 하지만 법은 지킵시다, 티퍼."

그는 허리춤에 달린 총에 손을 올리고 진지하게 말했다.

농담이 아니다. 여기서 진짜 티퍼가 총을 쏘면 자신은 그를 쏴야만 한다.

"진정해요. 아버지의 마지막 모습을 그런 식으로 보여 주고 싶지는 않을 거잖아요."

경찰은 눈짓으로 한쪽을 가리켰다.

거기에는 언론사에서 차량과 기자들이 와 있었고 심지어 미국 전역으로 송출되는 공중파도 있었다.

"아버지의 마지막 모습을 범죄자로 남기고 싶어요, 티퍼? 그 아동심리학자의 말 못 들었어요? 애들이 죄책감에 말 못 했다잖아요. 그런데 그것 때문에 당신이 다치거나 잡혀가면 아이는 더 큰 죄책감을 느낄 겁니다."

경찰도 아이가 있고 상담을 했다.

다행히 그의 자녀는 피해자는 아니었지만, 그가 입은 정신적 충격은 엄청 컸다.

그의 자녀가 피해를 피할 수 있었던 이유는 그 선생이 딸과 같은 여성이었기 때문이다.

"제발…… 진정하세요."

"젠장!"

결국 티퍼는 어쩔 수 없이 몸을 돌리고, 들고 있던 총을 다른 경찰에게 넘겼다.

그제야 경찰들은 안도의 한숨을 내쉬었다.

하지만 일이 끝난 것은 아니었다.

"FBI입니다."

몇 대의 검은색 차량들이 줄줄이 들어왔고, 거기서 내린 FBI 요원들은 경찰에게 영장을 제출했다.

그리고 에바 번치의 집으로 가서 문을 두드리더니 안으로 들어갔다.

잠시 후 에바 번치는 고개를 푹 숙인 채로 수갑을 차고 그들과 함께 나왔다. 그런 그녀에게 돌과 욕설이 날아들었다.

"더러운 년!"

"죽여 버릴 거야!"

"감옥에 가서 죽어 버려, 쌍년!"

그리고 기자들은 그 장면을 찍느라고 정신이 없었다.

"일단 에바 번치는 우리가 소송에서 유리한 고지를 점했네요."

노형진의 말대로 다른 곳에서 먼저 시작한 공격이었기에 데이튠즈는 공격하는 데 부담이 전혀 없었고, 에바 번치 사건은 순식간에 미국 전역으로 퍼져 나갔다.

사실 사건 자체가 그럴 수밖에 없다.

자극적인 것만 찾는 미국 언론인데, 데이튠즈의 사장인 제린 닉스를 강간으로 고소한 여자가 알고 보니 심각한 페도필리아였기 때문이다.

이런 충격적 반전이 있는 사건은 많지 않기 때문에 사건 자체는 어마어마하게 빠르게 퍼지고 있었다.

'그나마 내가 이 사건에 대해 기억하고 있어서 다행이네.'

그리고 더 다행인 것은, 노형진이 이번에 그렇게 한 덕분에 아이들이 더 충격을 받기 전에 정신적 치료를 받을 수 있게 되었다는 것이다.

'원래 역사에서는 두 건이었는데.'

그런데 이번에 드러난 것만 네 건이다.

그때는 그냥 피해자가 나오길 기다렸지만, 이번에는 노형진이 심리 전문가를 동원해서 조사한 덕분에 그 차이가 심했다.

"그 지역 아이들과 에바 번치가 있었던 지역의 아이들에 대한 대대적 조사를 진행할 겁니다."

"그러면 좋지요."

성범죄자는 그걸 멈추지 못한다.

그건 가해자가 남자든 여자든 마찬가지다.

여기서 네 건이라면 다른 곳에서 다른 피해가 있었을 가능성 또한 분명 존재한다.

"일단 그녀의 법률적 순수성에 대해서는 제대로 타격을 입혔으니 사건이 유리해지기는 했지만, 아직 끝난 건 아닙니다."

"어째서요?"

"제가 에바 번치의 변호사라면 말입니다, 도리어 이걸 가지고 이렇게 역습할 겁니다. 에바 번치는 페도필리아다, 그런데 상식적으로 합의하에 성인, 그것도 자신보다 나이가 많은 성인과 관계를 맺는 게 가능하겠느냐?"

"아……."

법률적인 순수성을 떠나서 일단 강간은 전혀 다른 문제니까.

"그 부분에 대해서는 일단 에바 번치가 과거에 사귄 남자들에 대해 조사하면 될 겁니다. 성인과 정상적인 성관계를 한 적이 있다면 이번 일 역시 가능한 일이니까요."

"그게 가능할까요?"

"가능할 겁니다. 이런 페도필리아는 자신을 감추려고 하는 부분이 있거든요. 실제로 많은 페도필리아들이 정상적으로 연인을 사귀거나 결혼을 하기도 합니다."

그렇게 함으로써 자신이 정상적인 성 관념을 가진 사람이라는 가면을 쓰려고 하는 것이다.

"이번 사건에서 강간의 주요 증거는 오로지 에바 번치의 증언뿐이니까, 그 정도만 해도 배심원들은 이쪽으로 넘어올 겁니다."

"남은 건 하이젠 밀러와 사카모토 준코뿐이군요."

노형진은 고개를 갸웃했다. 원래 사건은 네 건이었으니까.

"에밀리 크루거가 방금 소송을 취하했습니다."

"취하요?"

"네. 무슨 상황인지 아시겠죠?"

"알겠네요. 똑똑한 여자군요."

그녀는 분명 에바 번치의 몰락이 우연이 아니라고 생각했을 것이다.

누군가가 에바 번치를 뒷조사해서 가장 강력한 약점을 손에 넣고 흔든 거라고 생각한 게 분명했다.

"그리고 자신도 그렇게 될 수 있다는 걸 안 거군요."

"틀린 말은 아니지 않습니까?"

"틀린 말은 아니죠."

에밀리 크루거 사건도, 제대로 털려고 하면 못 털지는 않는다.

그걸 안 에밀리 크루거는 재빨리 소를 취하한 것이다.

더 이상 싸우지 말자는 제스처인 셈이다.

물론 노형진이 그런다고 해서 놔줄 사람은 아니지만 말이다.

도리어 나름 머리를 썼다고 생각했겠지만 반대로 노형진에게 약점이 잡힌 것이다.

"켕기는 게 있는 모양이군요."

"그건 이미 알아냈습니다."

하이드 맥핀은 서류를 건네주며 말했다.

"그 행사를 주최했던 업체에서 보낸 이면 계약서입니다. 노형진 변호사님 말씀대로 있더군요."

그건 다름 아닌 에밀리 크루거의 그날의 계약 내용이었다.

그 계약에 따르면 에밀리 크루거는 그날 파티의 분위기를 위해 고용되었으며, 그 고용 내용 중에는 상황에 따른 성관계에 대해 동의하며 그 대가로 5천 달러를 받는다는 것이 있었다.

"아마 우리가 그쪽에 이중 계약서를 요구한 게 소를 취하한 가장 큰 이유일 겁니다. 도대체 어떻게 아셨습니까? 보통은 모르던데요."

"상류층 파티를 몇 번 주선하다 보면 자연스럽게 알게 됩니다."

그게 세상의 더러운 면이다.

알고 싶지 않아도 알게 되는 것.

"그런데 의외로 그쪽 회사에서 쉽게 주더군요."

"만일 주지 않으면 의뢰인께서 파티 주최자랑 전쟁을 벌일 거라고 뻥카를 날렸지요."

노형진은 피식 웃었다.

"잘하셨습니다, 후후후."

그렇게 되면 파티 주최자는 그들과 선을 끊을 테고, 이런 파티는 어마어마하게 큰돈이 되는지라 회사 입장에서는 피해가 클 수밖에 없었으리라.

"그러면 이 사건은 일단 끝났고, 이제 하이젠 밀러와 사카모토 준코 사건이 남았네요."

이제 진짜 어려운 사건만 두 개가 남았다.

하이젠 밀러는 그런 업체를 통해 온 사람이 아니라 그날 파티에 제대로 초대받은 사람이고, 가정 역시 정상적인 집안이었다.

사카모토 준코 같은 경우는 아예 비서고 말이다.

"하이젠 밀러와의 협상은 어떻게 되어 가고 있습니까?"

"손해배상액은 어느 정도 합의된 상황입니다. 다만 그쪽에서 강간을 인정하지 않으면 합의는 없다고 못 박은 상태라 그로 인해 문제가 많습니다."

"그쪽은 강간당했다고 확신하고 있다는 거군요."

"네. 거기에다가 증인까지 있으니까요. 증인의 신빙성도 높고요."

'그리고 행동을 보면 강간당한 피해자의 행동 패턴이 맞아.'

하지만 제린 닉스에게는 강간에 대한 기억이 없었다.

'제린의 기억이 잘못된 건가? 아니야. 그건 불가능해.'

사이코메트리는 감정과 상관없이 그 순간을 보는 기술이기도 하다.

아무리 제린이 잘못 기억한다고 해도 그 순간의 상황을 그대로 보는 거라 노형진이 잘못 볼 수는 없다.

'그러면 하이젠 밀러가 강간당했다고 기억한다? 그것도 말이 안 되는데.'

합의하에 했는데 어떻게 갑자기 강간으로 기억이 바뀐단 말인가?

물론 최면술을 통한 기억 조작이 있을 수는 있지만, 그럴 이유는 전혀 없다.

"둘 다 난이도가 너무 높네요. 누가 협박하는 것도 아니고."

"협박?"

노형진은 귀가 솔깃했다.

"왜 그러십니까?"

"아니…… 갑자기 그런 생각이 들어서요. 협박이라…….
협박당했을 수도 있지 않습니까?"

"누가 이런 협박을 합니까?"

"전에 헨리 잭슨의 누나 이야기를 하지 않았습니까? 기억
나시죠?"

"아…….."

그제야 하이드 맥핀은 아차 싶었다.

"변호사들이 가장 많이 실수하는 부분 중 하나가 바로 사
건을 그 자체로만 보려고 하는 거지요. 사실 사건 자체도 중
요하지만 그와 관련된 부분 역시 존재함에도 불구하고 말이
지요. 헨리 잭슨의 누나 역시, 그래서 나중에 진실이 드러났
고요."

헨리 잭슨이 아동 성추행범으로 핀치에 몰렸을 때 그의 누
나는 그를 사정없이 물어뜯었다.

그리고 그게 헨리를 코너로 몰아붙였다.

가족조차도 배신했다고 생각했으니까.

하지만 나중에 그녀는 진실을 말했는데, 그 당시 남편에게 협박받아서 어쩔 수 없이 헨리를 물어뜯었다고 했다.

기자들은 헨리를 물어뜯기 위해 혈안이 되어 있었고, 그중 하나가 바로 가족과 동료에게 배신을 종용하는 것이었다.

실제로 헨리의 최측근은 언론사에서 몇만 달러의 보상을 약속받았었고 그게 한두 번이 아니라는 증언을 하기도 했다.

"그리고 그 돈에 매형이 넘어갔죠."

매형은 아내를 구타하면서 동생을 물어뜯으라고 했고, 결국 헨리의 누나는 마음에도 없는 이야기를 해야 했다.

그녀는 나중에 이혼하고 나서야 그때를 후회하면서 진실을 고백했다.

"협박받는 경우 생각보다 그걸 신고하고 벗어나려고 하는 사람은 많지 않습니다. 특히 가정 폭력의 경우는요."

맞는 사람의 자존감이 바닥으로 떨어지면 그렇게 된다.

심지어 헨리의 누나 역시 유명 가수였음에도 불구하고 그 지경이었으니까.

"협박이라……."

하이드 맥핀은 곰곰이 생각에 빠졌다.

"한번 알아보겠습니다. 어쩌면, 뭔가 나올 것 같으니까 요."

그는 얼마 전 만난 사카모토 준코를 떠올리고 있었다.

"사카모토 준코에게는 남자 친구가 있습니다. 이름은 야다 칸지로입니다."

조사는 오래 걸리지 않았다.

단 이틀 사이에 그 조사 결과가 나왔는데, 사카모토 준코는 정말로 협박을 받고 있었다.

"일본계 미국인입니다만 야쿠자 소속입니다."

"역시 그렇게 되는군요."

미국에서도 야쿠자의 세력은 어마어마하게 큰 편이다.

아무리 힘이 빠졌다지만 세계 3대 범죄 조직이라는 말이 그냥 생긴 것이 아니다.

"야다 칸지로는 원래 일본에서 태어났고 17세에 미국으로 부모와 이민 왔습니다. 적응하지 못해서 상당히 힘들어했더군요."

"그런 경우에 많은 아이들이 범죄 조직, 특히 모국 계열의 범죄 조직에 빠지지요."

열일곱 살이면 이미 일본인으로서의 자아가 완성된 시기다. 그런데 그 시기에 미국에 와서 갑자기 미국인이 되어 버렸다.

언어는 물론 사상도 관념도 다 일본인이니 미국에서의 적응이 힘들다.

그러면 일본인이 뭉치는 곳에 가게 되는데, 그중 한 곳이 바로 미국의 야쿠자다.

더군다나 열일곱 살이면 한창 혈기 왕성할 나이.

그리고 세상에 반항하는 나이다.

"그렇게 야쿠자로 활동한 지 20년이 되었습니다."

"그렇군요."

야쿠자에게는 두려운 것이 없다.

사카모토 준코가 어쩌다가 야다 칸지로와 엮였는지 알 수 없지만, 중요한 건 일반적인 일본인 여성은 자발적으로 거기서 벗어나는 게 쉽지 않다는 것이다.

"사카모토 준코 역시 일본계 미국인인가요?"

"아닙니다. 여전히 일본인입니다."

"일본인이에요?"

"사카모토 준코 같은 경우는 능력 있는 여성이라고 제린 닉스 씨가 말하더군요."

그녀는 미국으로 유학을 왔다가 졸업 이후에 아예 미국에서 자리를 잡을 생각으로 직장을 구했고, 몇몇 곳을 돌아다니다가 제린 닉스에게 비서로 뽑혀서 3년 정도 근무했다고 한다.

"그러다가 개인적 사정으로 인해 그만뒀다고 하더군요."

"그 개인적 사정이라는 게 뭔지, 대충 알 것 같지요?"

야쿠자들은 기본적으로 여성에 대한 존중이 없다.

아니, 세상에 여성을 존중하는 폭력 조직은 없다.

"당연히 사카모토 준코에게 폭력을 행사했을 테고……."

그걸 신고? 애석하게도 단순 범죄자가 아니라 야쿠자다.

당장 야다 칸지로는 처벌할 수 있을지 모르지만 사카모토 준코는 같은 계파의 야쿠자에게 죽을 수밖에 없는 게 현실이다.

더군다나 그녀가 실종된다고 해서 신고하거나 수사해 줄 곳은 거의 없다고 봐도 무방하다.

정상적인 직장이라도 있다면 모를까, 기록대로라면 사카모토 준코는 현재 무직이다.

"아무래도 재수 없게 잡힌 것 같네요."

직장인으로 들어간 게 아니라 말 그대로 야다 칸지로가 우연히 보고 찍어서 집어삼킨 것이리라.

데이튠즈의 대표인 제린 닉스와 함께 다닌다는 것 자체가 상당한 외모를 자랑한다는 뜻이니까.

"네. 그리고 알아보니 야다 칸지로가 있는 야쿠자가 일본의 시시로 구미에 속한 걸로 되어 있습니다."

"시시로 구미? 처음 들어 보는데요."

"유명하지 않지만 일본 내에 있는 작은 계파 중 하나입니다."

"작은 계파라…… 아……."

단순히 미국에서 비적응자들이 뭉쳐서 만든 폭력 조직이

라면 이런 경우 문제가 안 된다. 그냥 본국으로 가면 된다.

지금 미국에 있는 상당수 한국계 폭력 조직들이 그런 식이다. 유학을 오거나 한 놈들이 자기들끼리 뭉쳐서 만든 갱단이다.

하지만 이렇게 일본에서 만든 지부 형식이라면 입국도 문제가 되고 미국 내 있는 가족들의 안전도 문제가 된다.

"사카모토 준코는 어디로도 도망가지 못하겠군요."

"불가능할 겁니다."

도망가는 순간 자신의 가족이 죽을 테니까.

"기가 차서 말이 안 나오네요."

하이드 맥퀸은 질렸다는 듯 고개를 흔들었다.

"왜요?"

"드림 로펌의 사건 해결 방식이 남다르다는 건 익히 들었지만 배후의 폭력 조직과의 연관성까지 찾아낼 줄은 몰랐습니다."

"보통은 그냥 당사자 변호사와 티격태격하다가 끝내고 말죠."

노형진은 피식 웃으며 말했다.

그러다 보니 이길 수 있는 것도 지는 거다.

"그러면 일단 사카모토 준코 사건을 해결하지요."

"어떻게 말입니까?"

"하이드 맥퀸 씨가 저한테 이렇게 금방 정보를 가지고 왔다는 건 한 가지를 의미하죠. 사카모토 준코가 그들에게 잡혀 있다. 아닌가요?"

"진짜 예언가는 아니시죠?"

"절대 아닙니다. 일단 중요한 건 그녀를 꺼내는 겁니다."

"하지만 그게 쉽지는 않을 텐데요. 계속 감시가 붙어 있는지라."

"나오게 해야지요."

"나오라고 해서 나올까요? 애초에 우리가 접근할 방법이 없는데요."

"미국은 그렇지요. 하지만 일본은 상황이 다릅니다, 후후후."

"일본?"

"일단 구할 사람은 사카모토 준코 씨가 아니라 그 가족입니다."

그리고 문제는 거기서부터 풀려 나간다는 것을 노형진은 알고 있었다.

입장의 차이

"아무도 감시하지 않네요."

"당연한 거죠."

노형진은 하이드 맥핀과 함께 일본으로 왔다. 그리고 바로 사카모토 준코의 가족들에게 향했다.

그런데 의외로 그곳에는 아무도 감시하는 사람이 없었다.

"일본에 있는 가족에 대한 위협만으로도 준코 양은 꼼짝도 못 합니다. 굳이 일본의 가족을 직접 통제할 필요는 없지요."

노형진은 어깨를 으쓱하며 말했다.

"그리고 시시로 구미 같은 경우는 이번 건에 대해 직접적으로 뭘 하는 것도 아니고요."

이번 일을 진행하는 것은 시시로 구미가 아니라 미국에 있는 지점이다.

"당연히 일본 내의 감시는 소홀할 수밖에 없지요."

"하지만 준코가 신고해서 보호를 요청하면요?"

노형진은 고개를 흔들었다.

"일본에 대해 잘 모르시는군요."

"사실 일본은 이번이 처음이라⋯⋯."

"일본의 경찰은 대부분 야쿠자와 결탁되어 있습니다. 말로는 싸운다고 하지만, 미국에 있는 일본인이 보호를 요청한다고 해서 일본에 있는 가족을 보호해 주지는 않습니다."

설사 해 준다고 해도 기껏해야 순찰 강화 정도이지 진짜로 지켜 주지는 않는다.

"준코라면 그걸 알겠지요. 일본인이니까."

그러니 도움을 청하지도 못하는 것이다.

그걸 알고 이런 짓을 준비한 거고.

"그러니 우리가 그들과 접촉한다고 해서 그들이 알 가능성은 높지 않지요. 들어가죠. 의외로 일본 음식도 맛있습니다."

노형진은 그렇게 말하면서 하이드 맥펀을 데리고 식당 안으로 들어갔다.

점심시간이 꽤 지난 시간이라 가게는 텅 빈 상태였다.

"어서 오십시오."

준코의 가족은 고향에서 라면집을 하고 있었다.

어디서나 볼 수 있는 그런 식당.

안에는 어머니와 아버지가 있었고, 여동생이 한 명이 있다고 들었는데 보이지는 않았다.

"뭘 드릴까요?"

"음…… 간장라면 두 개 부탁드립니다."

"알겠습니다."

그들은 능숙하게 간장라면을 만들어서 노형진 일행에게 건넸고 그걸 받아 들면서 노형진은 슬쩍 입을 열었다.

"사카모토 준코 씨를 아십니까?"

"저희 딸입니다만?"

준코의 이름이 나오자 움찔하는 두 사람.

노형진은 혹시 몰라서 주변을 스윽 둘러봤다.

여전히 손님은 두 사람뿐이고 딱히 녹음기 같은 건 없는 것 같았다.

"전 미국에서 왔습니다. 사카모토 준코 씨의 현재 상황에 대해 아시는 게 있습니까?"

"네? 아, 얼마 전에 들었습니다. 이직했다고 하더군요."

"이직이라……."

노형진은 피식 웃었다.

이걸로 한 가지는 확정되었다.

일단 연락하려고 하면 할 수 있다는 것.

"사실 준코 양은 지금 야쿠자에게 잡혀 있습니다."

뒤에서 설거지를 하던 어머니가 그릇을 놓쳤다.

바닥에 떨어진 그릇은 산산조각 나면서 부서졌다.

"지…… 지금 뭐라고……?"

"미국의 야쿠자에게 잡혀 있습니다. 그들에게 협박받아서 거대 언론사 사장을 협박하는 데 동원되고 있지요. 쉽게 말해서 일본으로 친다면, 지금 따님은 일본의 HNK 사장을 협박하고 있는 셈입니다."

아버지는 그대로 주저앉았다.

딸이 야쿠자에게 잡혀 있다는 것만으로도 충격적인데 거대 기업의 사장을 협박하는 중이라니.

"자, 잘못 알고 계신 겁니다. 제 딸이 그럴 리가 없습니다."

"사카모토 준코, 나이 29세, 미국 워싱턴대학 졸업. 그 후에 키리턴재단을 거쳐 데이튠즈에서 비서로 3년간 근무. 제가 뭐 틀린 것 있습니까?"

"아아……."

그 말에 어머니는 그대로 머리를 부여잡고 쓰러졌다.

사카모토 준코의 아버지는 황급히 쓰러진 아내를 부축해 의자에 앉혔다. 다행히 몸에 힘이 빠진 것뿐이었기에 준코의 어머니는 잠시 휴식을 취하는 정도로도 괜찮을 듯했다.

대화가 끊어지자, 사카모토 내외를 걱정스럽게 지켜보던

하이드 맥핀이 노형진에게 작은 목소리로 물었다.

"너무 강하게 말한 거 아닙니까?"

"강하게 말해야 합니다. 만일 여기서 우리가 어영부영 약하게 행동하면 저들은 우리 말을 따르지 않을 겁니다."

"왜요?"

"야쿠자는 저들에게 무서운 존재이니까요."

어쭙잖게 '괜찮으세요?' 아니면 '걱정하지 마세요.' 같은 말은 도리어 역효과를 낼 뿐이다.

차라리 저들을 몰아붙여서 저들이 탈출하고 싶어 하도록 만드는 게 최선이다.

그때 다소 기력이 돌아왔는지, 사카모토 준코의 어머니가 물었다.

"저희는…… 그러면 어떻게 해야 합니까?"

그들도 딸이 데이튠즈의 사장 아래에서 일한 건 알고 있었다. 하지만 그녀가 그만둔 후에는 신경도 안 쓰고 있었는데 일이 이 지경이 되었을 줄은 몰랐다.

"간단합니다. 여러분들은 이민을 준비하시면 됩니다."

"이민요?"

"이미 시시로 구미는 여러분들의 존재를 인식하고 있습니다. 그들은 무조건 여러분들을 죽일 겁니다."

"어째서요!"

"돈 때문이지요."

강간에 대한 손해배상이다.

그리고 미국의 손해배상은 한국처럼 얼렁뚱땅 소액으로 끝나지 않는다.

한국에서는 기껏해야 한 3천만 원쯤 던져 주고 말겠지만, 미국에서 손해배상의 기준은 그 사람이 가진 재산에 기반한다.

한국이 절대 기준인 데 반해 미국은 상대 기준이기 때문이다.

"아마도 따님이 이긴다면 그 돈은 대략 140억 정도 될 겁니다."

"140억! 그걸 받는단 말입니까?"

"받는 게 아니라, 애초에 그걸 노리고 그들이 따님을 이용하고 있는 겁니다. 비서라는 특성상 이기기 쉽거든요."

그렇다면 그 돈을 받아 낸 후에는 어떻게 될까?

"그들이 고생했다고 한 3억쯤 떼어 가고 나머지는 여러분한테 줄까요?"

그럴 리가 없다. 모조리 꿀꺽할 것이다.

문제는 그 이후다.

만일 나중에 사카모토 준코가 양심선언이라도 해 버리면 미 정부에서 미친 듯이 지랄할 테니 일본 정부는 시시로 구미를 박멸할 수밖에 없다.

"그런 위험부담을 감수할 필요가 없지요."

그냥 몇 사람만 죽으면 문제는 다 해결된다.

"그 반대도 마찬가지입니다."

만약 지게 된다면? 제린 닉스가 그녀를 용서할까?

그럴 리가 없다. 당연히 최고의 변호사진으로 사카모토 준코를 물어뜯을 것이다.

그리고 미국은 한국과 다르게 무고에 대한 처벌이 어마어마하다.

"아마도 준코 양은 못해도 10년 형은 나올 겁니다. 평생을 일해도 갚지 못할 막대한 빚은 당연히 따라올 테고요."

"……."

그러면 준코는 어떻게 할까? 인생을 포기하고 그걸 다 갚으려고 할까?

아니다. 자신이 협박당한 걸 다 이야기할 것이다.

그러면 사정을 알게 된 제린 닉스가 그건 네 사정이고 난 상관없다며 시시로 구미를 그냥 둘까?

"절대 그럴 일은 없습니다."

어떻게 해서든 시시로 구미를 박살 내려고 할 것이다.

사실 어려운 일도 아니다.

시시로 구미는 일본 내에서도 군소 조직에 속하고, 적당한 돈만 주면 멤버들을 납치해서 콘크리트 신발을 신겨 줄 대형 조직은 넘쳐 난다.

"그걸 막기 위해서라도 그들은 구설수가 날 만한 곳은 다

막아 놔야 하지요.”

그리고 그건 다름 아닌 사카모토 집안이다.

“어느 쪽이든 여러분들은 죽습니다.”

“…….”

“설마 그럴 리 없다는 헛된 기대를 하시는 건 아니죠?”

부모들은 아무런 말도 못 했다.

그 말을 부정할 수가 없으니까.

야쿠자들은 절대 선한 자들이 아니다. 미래에 방해된다면 사람 죽이는 게 숨 쉬는 것보다 더 쉽다.

“그래서 제가 여러분들을 돕기 위해 온 겁니다.”

노형진의 말에, 시선을 내린 채 절망적인 얼굴을 하고 있던 사카모토 내외가 고개를 번쩍 들었다.

“돕는다고요?”

“여러분들을 미국으로 모시고 갈 겁니다.”

“우리를요?”

“네.”

노형진의 계획은 간단했다.

그들을 일본이 아닌 미국으로 데리고 간다.

일본은 야쿠자의 영역이지만 미국은 아니다.

제린 닉스의 힘이면 그들을 이민시켜 야쿠자가 없는 곳에 자리를 잡게 하고 보호하는 것은 어려운 일이 아니다.

물론 그 과정에서 미국 법원의 도움을 받아야 한다.

"미국에는 증인 보호 프로그램이라는 게 있습니다."

사건이 아주 중요한 경우 그리고 그 증인의 안전이 위험하다고 판단되는 경우, 미국은 증인 보호 프로그램을 가동한다.

그러면 이름에서부터 나이, 주소까지 모든 게 바뀌고 행방을 확인할 방법이 없어진다.

심지어 담당 경찰조차도 그 정보는 알 수 없다.

"제린 닉스라면 여러분들을 증인 보호 프로그램에 넣어 줄 수 있습니다."

그가 가진 돈과 위력이라면 더더욱 말이다.

"하지만…… 그게 가능합니까? 제 딸이 속인 건데……."

"그래서 가능한 겁니다. 일단 협박받아서 한 거니까요. 그리고 여러분이 착각하는 게 있는데, 제린 닉스는 강간 사건에 대한 증언을 받으려고 요청하는 게 아닙니다."

"네?"

"증인 보호 프로그램이 적용되면 강간 사건은 취소되니까요."

왜냐? 고소한 사람의 존재 자체가 사라지기 때문에 사건 자체를 유지할 수가 없게 되는 것이다.

애초에 강간 사건 정도로 증인 보호 프로그램이 작동되지도 않는다.

"그러면?"

"따님이 증언하실 내용은 야쿠자에 대한 것입니다."

야쿠자가 관련자들을 협박해서 강간이나 기타 죄를 뒤집어씌우고 돈을 빼앗는 사건을 진술시키면, 미국 경찰에게는 안 그래도 문제가 되고 있는 미국 내 일본 야쿠자에 대한 대대적 단속을 할 수 있는 빌미가 된다.

"그러기 위해서는 여러분들이 안전해야 합니다."

문제는 일본 내에 있으면 절대 그 안전은 보장할 수가 없다는 거다.

하고 싶어도, 경찰이 극도로 부패한 일본에서는 절대로 경호도 안 해 준다.

"그러면 저희는 어떻게 해야 합니까?"

침을 꿀꺽 삼키는 가족들.

"이곳에 남은 재산은 여기에서 선임한 변호사에게 처분을 부탁하면 됩니다. 그러니 여러분은 준코 양에게 전화해서 미국으로 간다는 말 한마디만 하면 됩니다."

그리고 그건 어려운 일이 아니었다.

⚖️

사카모토 준코는 자신과 함께 있는 남자를 보고 공포에 떨었다.

"입 나불거리지 말고 아가리 잘 닥쳐라. 알았냐?"

"네……."

"입 나불거리면 너희 가족들이 산 채로 회 떠지는 걸 두 눈으로 보게 될 거야."

야다 칸지로는 준코를 보면서 입이 벌어져 있었다.

그런 야다 칸지로의 미소를 보면서 준코는 자신의 멍청함을 후회했다.

'그때 초밥을 먹으러 가는 게 아니었어.'

그녀는 일본인이고 가끔은 고향의 맛이 그리웠다.

그래서 친구와 함께 재팬 타운으로 초밥을 먹으러 갔다. 그건 자주 있는 흔한 일이었다.

그리고 그곳에서 야다 칸지로를 만났다.

그녀에게 한눈에 반한 야다 칸지로는 번호를 요구했지만, 딱 봐도 불량한 그의 모습에 사카모토 준코는 단호하게 거절했다.

그녀는 그렇게 마무리될 줄 알았다.

하지만 그는 어떻게 알아낸 건지 그녀를 따라와서 집요하게 교제를 요구했고, 매번 거절하던 준코는 참지 못하고 경찰을 불렀다.

그리고 결국 일이 터지고 말았다.

다음 날 퇴근하다가 한 무리의 남자들에게 납치되어 어디론가 끌려간 것이다.

그녀는 무참하게 두들겨 맞았고, 이후 그곳에 온 야다 칸지로에게 강간까지 당했다.

도망가고 싶었지만 야쿠자가 매일같이 따라다녀서 도망칠수 없었던 준코는, 그제야 야다 칸지로가 미국 내 야쿠자의 중간 보스라는 걸 알 수 있었다.

신고할 것을 우려한 야다 칸지로는 준코에게 강제로 회사를 그만두게 했다.

그렇게 준코의 인생 자체가 나락으로 떨어진 상황에서 제린 닉스의 강간 사건이 터지자, 그는 준코를 협박해서 강간당했다고 주장하도록 하고 그 후에 그 돈을 뜯어낼 계획을 세웠다.

청구 금액만 140억.

'내가 어쩌다……'

만일 그때 초밥집에 가지 않았다면 여전히 그녀는 멀쩡하게 회사를 다니고 있을 것이다.

어쩌면 제린 닉스의 아내나 그에 준하는 관계가 되어 있을수도 있었다.

하지만 이제 그녀는 야다 칸지로의 노예일 뿐이었다.

"미친 개 같은 놈들이 여기가 어디라고 오는 거야?"

야다 칸지로는 짜증스럽게 말했다.

혹시나 모를 신고에 대비해서 잘 지낸다고 하도록 가족들과 통화하게 해 줬는데, 뜬금없이 가족들이 준코를 보러 미국에 온다고 한다.

이것이 법이다

혹시나 해서 왜 들어오는지 물어보니 식당에 화재가 나서 리모델링을 하는 김에 온다는 것이다.

실제로 시시로 구미에 확인해 보니 큰 화재는 아니지만 화재가 나서 리모델링을 해야 하는 것은 사실이었다.

"잘 들어. 입도 뻥끗하지 마. 무조건 호텔로 밀어 넣고 내일부터는 바빠서 못 나온다고 해. 대신에 친구가 안내해 줄 거라고. 무슨 말인지 알지?"

주머니에서 잭나이프를 꺼낸 야다 칸지로는 준코의 뺨에 대고 날을 스르륵 흘렸다.

"아…… 알았어요. 알았어요."

준코는 미친 듯이 고개를 끄덕거렸다.

잠시 후 비행기 시간이 되자 준코는 입국장으로 향했다.

저편에서 가족들이 들어오는 게 보였다.

"엄마, 아빠!"

"오, 내 딸. 잘 지냈어?"

서로를 포옹하는 가족들.

가족을 보자 준코의 눈에서 눈물이 흘러나왔다.

"오랜만에 만나는데 왜 울어?"

"응? 아니야. 너무 반가워서."

"그래, 반갑지. 어서 가자. 너 먹을 거 좀 가지고 왔어. 차 가지고 왔지?"

"어…… 친구가 태워다 줬어."

"친구?"

"어. 지금 가서 그거 타고 가면 돼."

그렇게 말하면서도 준코는 심장이 미친 듯이 뛰고 있었다. 자신을 감시하는 시선 때문이다.

"가자."

막 나가려고 하는 찰나에 갑자기 누군가가 그들의 앞을 가로막았다.

"잠시 실례하겠습니다."

"네?"

그건 다름 아닌 경찰이었다.

"왜 그러세요?"

"같이 가시죠. 가방에서 마약이 나왔습니다."

"마약……요? 우리는 그런 거 없어요."

당황하는 가족들.

하지만 경찰들은 이미 이쪽을 포위하고 있었다.

"당신이 일행이지요? 같이 가셔야겠습니다."

"아니, 아까는 통과했잖아요?"

"일행이 있으면 잡아야지. 당연한 거 아냐?"

누군가가 나서서 준코의 팔을 낚아챘고, 네 명의 가족들에게 순식간에 수갑이 채워졌다.

"같이 가시죠."

"자, 잠깐만요! 잠깐만요!"

이것이 법이다

준코와 가족들은 당황해서 허둥거렸지만 이미 도망갈 곳은 없었다.

준코를 보던 야쿠자들 역시 당황해서 잠깐 따라오는 듯했지만, 경찰들이 그들을 데리고 보안 구역으로 들어가자 나지막하게 일본어로 욕하면서 어디론가 전화하기 시작했다.

"아니, 뭔가 잘못 아신 거예요! 우리 가족은 진짜 마약 같은 거 취급할 사람들이 아니에요!"

다급하게 변명하는 준코.

그러나 경찰은 말없이 그들을 데리고 어디론가 향했다.

그렇게 얼마나 걸었을까.

코너를 돌아 사람이 없는 곳을 얼마간 지나자, 경찰은 갑자기 멈춰서 그들의 수갑을 풀어 줬다.

"따라오던 놈들도 지금 이쪽으로는 못 들어올 겁니다. 아마도 다급하게 갱단에 연락하고 있을 테니까 바로 움직이지는 못하겠죠. 여기 로저를 따라가시면 직원용 출구로 안내할 겁니다. 입구에 밴을 준비해 놨습니다."

갑자기 대우가 바뀌자 준코는 당황해서 가족들을 바라보았다.

"엄마? 아빠?"

"준코…… 이야기를 들었단다. 야쿠자들에게 잡혀 있었다면서?"

준코는 그대로 얼어붙었다.

가족들에게 알리고 싶어도 알리지 못했던 일이다. 그런데 알고 있었다니?

"미안하다. 우리가 몰랐구나."

"그, 그래서 들어온 거야?"

"그래. 네 전 사장님이 도와주셨단다. 너를 구해야 한다면서."

준코는 그대로 주저앉았다.

자신은 돈 때문에 그를 물어뜯고 있다. 그런데 자신을 돕기 위해 일본에까지 사람을 보낼 줄이야.

"이미 사정을 다 듣고 준비해 놨습니다. 마약으로 구금한 것으로 되어 있으니 최소한 사흘은 시간을 벌 수 있을 겁니다. 공식적으로 준코 씨와 가족들은 마약 사범으로 현장에서 체포된 겁니다."

물론 그건 외부에서 보이는 거다.

경찰들은 이미 상황을 알고 있었기에 야쿠자들을 속이는데 집중하고 있었다.

"밴을 타고 바로 주를 벗어나면 됩니다."

"주를 벗어나라고요?"

"FBI에다가 이야기해 놨습니다. 준코 씨가 사건에 대해 증언하면 FBI는 증인 보호 프로그램에 준코 씨를 넣어 주기로 했습니다."

준코는 정신이 번쩍 들었다.

증인 보호 프로그램. 미국에서 공부했기에 그녀는 그게 얼마나 강력한 보호 시스템인지 알고 있었다.

"물론 준코 씨가 증언하지 않겠다고 하면 해당되지 않습니다만."

"할게요. 뭐든 할게요."

야쿠자와 야다 칸지로의 손아귀에서 벗어날 수만 있다면, 그리고 가족들과 함께 있을 수만 있다면 준코는 자신의 과거 따위는 다 버릴 수 있었다.

"이 모든 건 다 제린 닉스 씨가 준비해 주신 겁니다."

"사장님이…… 흑흑흑……."

죄책감과 고마움에 눈물을 흘리는 준코.

"어서 나가세요. 일단 안전을 위해 주 경계를 벗어나야 합니다. 아시겠지만 비행기를 타면 흔적이 남으니까 밴을 타고 움직이셔야 합니다. 밴도 안전하게 준비한 거니까 추적당할 일은 없습니다."

경찰은 그렇게 말하고는 네 사람을 바깥으로 보냈다.

그렇게 그들이 탄 밴이 멀어진 후에도 경찰은 멍하니 그쪽만을 바라보았다.

그런 그에게 한 사람이 다가왔다. 노형진이었다.

"뭘 그렇게 생각하십니까, 미스터 맥핀?"

그 목소리에 정신을 차린 경찰, 아니 하이드 맥핀이 노형진을 돌아보았다.

"아, 미스터 노. 그냥…… 내가 알던 변호사의 업무와 참 많이 다르다는 생각이 드네요."

"사람들은 변호사라고 하면 보통 법적으로 싸워서 이겨야 한다고 생각하지요. 하지만 드림 로펌은……."

"알고 있습니다. 의뢰인에게 '최선을' 다한다."

"이렇게 하면 확실하게 사건이 처리될 겁니다."

준코는 안전한 곳에 가서 소송을 취하하고 야쿠자에 대해 기자회견을 할 것이다.

그 순간부터 그녀와 그녀의 가족은 보호 프로그램에 들어가게 될 테고, 사건이 끝나면 그녀는 이제 완벽하게 새로운 인물이 되어서 새로운 삶을 살아가게 될 것이다.

"최선이기는 한데, 다만 제린 닉스 씨는 별로 마음에 안 들어 하시던데요."

"의뢰인에게 최선이라는 게 의뢰인의 마음에 꼭 맞으라는 법은 없거든요."

노형진은 피식 웃으며 말했다.

사실 제린 닉스는 준코를 이렇게 놔주는 것을 아주 싫어했다.

아니, 분노로 길길이 날뛰었다.

더군다나 그냥 보내 주는 것도 아니고 FBI를 통해 무려 10억이나 되는 돈을 도피 자금으로 제공하기로 했다.

제린 닉스의 재산을 생각하면 큰돈은 아니지만, 아무리 협박에 굴해서 그런 거라 해도 자신을 파멸시키려고 했던 사람을 용서하고 돈을 준다는 건 말도 안 되는 소리였다.

그렇게 착한 사람이었다면 애초에 제린 닉스는 그 위치까지 올라가지도 못했을 것이다.

"우리에게는 단순히 이번 사건이 끝이 아닙니다. 우리에게는 아직 한 건이 남아 있으니까요."

에바 번치의 경우는 그녀의 페도필리아 성향이 드러나면서 그녀에 대한 믿음이 완전히 무너졌다.

별개의 사건이기는 하지만 일단 저쪽이 더 극악한 범죄자인 이상 합리적 의심이라는 게 생길 수밖에 없다.

"그리고 합리적 의심이라는 건 이쪽이 선한 사람일수록 더더욱 강해질 수밖에 없지요."

"아, 그래서 돈을 주신 거군요."

"맞습니다. 어차피 사카모토 준코는 이제 제린 닉스를 보고 싶어도 못 봅니다."

그녀는 미국의 증인 보호 프로그램 안으로 들어가게 되었고, 증인 보호 프로그램의 가장 기본은 바로 과거와의 단절이다.

"그녀가 데이튠즈에서 일한 것도 제린 닉스와의 관계도, 이제는 의미가 없지요."

그랬기에 노형진은 제린 닉스를 설득해서 돈을 주도록 한 것이다.

"남은 사건은 이제 우리에게 유리하게 굴러가기 시작할 겁니다, 후후후."

⚖️

─제린 닉스 사장님에게 진심으로 사죄드립니다. 비록 협박당해 어쩔 수 없이 했던 거짓 증언이라곤 하나 사장님을 지옥으로 밀어넣은 것은 사실입니다. 그럼에도 불구하고 사장님은 저뿐만 아니라 제 가족들을 지옥에서 건져 주셨습니다. 사장님은 저에게 신과 같은 분이세요.

라디오에서 나오는 준코의 목소리.
애석하게도 얼굴을 보호하기 위해 방송 출연은 할 수가 없었지만 라디오 방송국을 통해 목소리 변조를 조건으로 기자회견을 할 수 있었기에 그 목소리는 미 전역으로 퍼지게 되었다.
"괘씸하지만……."
제린 닉스는 전보다 편한 얼굴로 말했다.
노형진이 그녀에게 돈을 주고 구조하라고 했을 때에는 화가 나서 길길이 날뛰었지만, 이제 와서는 왜 그랬는지 알 것 같았다.
"저에게 도움이 되기는 했네요."

그는 언론사를 가지고 있기 때문에 여론에 민감하다.

당연히 사람들이 무슨 말을 하는지에 대해서도 누구보다 빨리 알게 된다.

"제가 말했지요, 도움이 될 테니까 그 돈은 포기하시라고. 전 재산을 날리는 것보다는 좋지 않습니까?"

그 전의 제린 닉스에 관한 여론은 강간범 새끼는 죽여야 한다, 저런 쌍놈의 새끼는 살려 두면 안 된다, 파멸만이 올바른 답이다 정도였다.

하지만 지금은 그 이미지가 많이 바뀌었다.

지금은 사건이 이상하다, 무려 절반이 조작이냐, 자기를 고소한 사람을 피해자라고 돈을 주고 도피시켜 주는 사람이 강간 같은 짓을 하겠느냐는 식의 말이 많았다.

"일단 이 정도면 에바 번치 쪽은 안전하다고 보면 됩니다."

이미 에바 번치는 자기 진술 말고는 딱히 강간당했다는 증거가 없었기 때문이다.

"문제는 하이젠 밀러죠."

분명 하이젠 밀러는 전형적인 강간 피해자의 형태를 보여 주고 있다.

정신과 치료를 받고 있고, 돈에 부족함이 없는 집안의 아가씨이기도 했다.

"결정적으로 하이젠 밀러 쪽에는 증인이 있단 말입니다."

하이젠 밀러의 친구 세 명이, 제린 닉스가 술에 취한 하이젠 밀러를 데리고 가는 것을 목격했다고 했다.

그래서 하이젠 밀러의 신체적인 특징에 대한 기억은 없지만 증언을 바탕으로 강간을 주장하는 중이었다.

"실제로도 신체의 특징에 대한 증언보다는 증인의 힘이 훨씬 강한 게 사실입니다."

기본적으로 신체의 특징은 잠자리만 같이해도 알 수 있지만 증인은 전혀 상관없는 제삼자이기 때문이다.

더군다나 이 친구 세 명은 더 문제가 된다.

"그들에 대해 아는 게 전혀 없으시다고요?"

"네."

그들의 증언으로 강간이 거의 확정적이다.

다른 사건들처럼 돈이 목적이거나 과거가 의심스럽거나 하다못해 협박이라도 받은 상황이라면 어떻게 해 보겠는데, 하이젠 밀러의 경우에는 애초에 파티에 정식으로 초대받아서 왔다는 것 자체가 나름 힘 있는 집안의 자제라는 것을 의미하는 데다가 그들이 제린 닉스에게 원한을 가질 만한 이유가 전혀 없었다.

"원래 아는 사이도 아니었고요?"

"전혀 모르는 사이입니다."

"그날 하이젠 밀러를 방으로 데리고 간 건 사실인가요?"

"그건 사실이기는 한데……."

문제는 거기서 강간이 이루어졌다는 것.

"그런데 왜 데리고 간 겁니까?"

"뭐…… 일단 관계가 목적이기는 했는데……."

상황은 이랬다.

하이젠 밀러와 이런저런 이야기를 하던 제린 닉스는 그녀와 합의가 이루어지자 위에 있는 방으로 슬쩍 올라갔다고 한다.

그런 파티용 저택들은 방이 여러 개인지라 그중 하나에 들어가서 관계를 맺는 게 어렵지는 않은 일이었다.

"같이 가기는 했지요."

그리고 그걸 하이젠 밀러의 친구들이 봤다.

그게 강간 증언의 절대적인 이유가 되었다.

"하지만 안 했습니다."

"강간을 안 했다는 겁니까, 아니면 관계를 안 했다는 겁니까?"

"관계 자체를 안 했습니다."

제린 닉스가 그녀를 데리고 방에 간 것은 맞다. 그러나 그녀와 이야기하다 보니 상태가 정상이 아니라는 생각이 들었다고 한다.

"그래서 그곳에서 나왔지요."

"나왔다고요?"

"네. 그리고 바로 그곳을 떠났습니다."

이미 파티는 끝나 가는 분위기였고 계속 파티를 즐기는 것
도 어색했기에, 그곳에서 나와서 집으로 돌아왔다고 한다.

"그러면 하이젠 밀러와는 얼마나 있었습니까?"

"한 시간 정도? 있었던 것 같습니다."

"한 시간이라……."

누가 봐도 강간하기에는 충분한 시간이다.

실제로 하이젠 밀러가 강간당한 것도 사실인 듯하고.

"왜 거기에다가 두고 온 겁니까?"

노형진은 머리가 지끈거렸다.

그런 곳에 제정신이 아닌 여자를 그냥 두고 온다?

늑대 소굴에 양 한 마리를 던져두고 그냥 나온 것이나 마
찬가지였다.

"그게 뭐…… 저도 취했으니까."

변명하기는 하지만, 제린 닉스가 그렇게 좋은 인간은 못
된다. 당연히 자신이 우선이고, 남을 챙겨야 한다는 것 자체
를 그다지 생각하지 못한다.

"일단 상황으로 봐서는 강간은 닉스 씨가 나가고 나서 이
루어진 것 같습니다."

제린 닉스가 나간 후에 누군가가 들어와 그녀를 강간했다.

그런데 강간범이 콘돔을 사용했기 때문에 유전자적 흔적
이 남아 있지 않았고, 그곳에 같이 들어간 사람은 제린 닉스
로 알려져 있으니 그가 최종 강간범으로 지목된 것이다.

정확하게는 콘돔 때문에 다른 증거가 없지만.

"머리카락이 있어서 걸린 거라……."

한숨을 푹 쉬는 제린 닉스.

차라리 아무것도 없었다면 모를까, 그의 머리카락이 나왔다.

제린 닉스의 말대로 그냥 대화만 하다가 나왔다면 머리카락이 빠질 일은 없다, 보통은.

"하지만 말이 안 되지 않습니까, 격렬한 관계도 없이 머리카락이 침대에서 발견된다는 건?"

"그게……."

제린 닉스는 잠깐 고민하다가 입을 열었다.

"탈모가 있습니다."

"네?"

"탈모가 와서 머리가 쉽게 빠집니다."

"탈모요?"

"네. 탈모 약을 먹고 있습니다."

"큭."

탈모. 모든 남자들의 두려움 중 하나. 특히나 미국에는 탈모 환자가 많은 편이다.

탈모가 오면 건드리지 않아도 술술 머리가 빠진다.

"하지만 지금 머리가……."

제린 닉스는 머리에 손을 올렸다.

그리고 뭔가 딸깍거리더니 스윽 내렸다.

"부분 가발입니다. 1만 달러를 주고 맞춘 최고급품."

"허."

진짜 머리인 줄 알았는데 그의 머리는 이미 상당히 많이 후진한 상태였다.

"그런데 부분 가발인지라……."

아예 완전 가발이었다면 문제가 안 되었을 텐데, 부분 가발이라 가발이 씌워지지 않은 곳에서 머리가 빠진 것이다.

'이제는 탈모까지 내 속을 긁나?'

노형진은 속이 쓰리는 느낌이었다.

마치 하늘이 그를 버린 것처럼 모든 게 그에게 불리하게 돌아가고 있었다.

"이건 진짜 답 없는데."

증거도 증언도 너무나 명확하다.

콘돔이 없을 뿐 유전적 증거는 확실하게 첨부된 상황.

'만일 여기서 줄인다고 하면…… 형량은 줄일 수 있겠지만…….'

그렇다고 해도 그의 인생이 박살 나는 것을 막지는 못한다.

'머리카락과 유전자 그리고 대화와 증언.'

뒤집을 수 없는 증거들을 생각하던 노형진은 문득 다른 중요한 부분을 빠트리고 있다는 생각이 들었다.

이것이 법이다

"그런데 무슨 이야기를 한 겁니까?"

"네?"

"아니, 대화만 하고 나왔다면서요? 그런데 뭔가 정상이 아니라고 생각했다면서요."

"아…… 그렇지요."

"그 이상한 게 뭐였습니까? 혹시나 술 같은 것에 취한 건가요? 아니면 누군가가 데이트 강간 약을 먹였다거나."

의심스러운 부분은 그 정도다. 만일 누군가가 데이트 강간 약을 먹였다면 그놈이 기회를 노릴 수도 있으니까.

"음…… 그냥…… 한 시간 동안 절 붙잡고 하소연만 했죠."

"하소연?"

"뭐, 내가 발정 난 놈도 아니고."

언제든 여자를 품을 수 있는 그다. 그런 그가 자신을 붙잡고 술에 취해서 하소연하는 여자를 강간한다?

'그건 좀 이상하기는 하지.'

진짜로 뇌가 거시기로 대체된 미친놈이 아닌 이상에야 여자가 울고 있는데 그 와중에 어떻게 자빠트릴까 생각하지는 않는다. 일단 다독거리면서 진정시키는 게 보통이다.

'제린 닉스는 아무리 그래도 그 정도로 상식이 없는 건 아닌 것 같은데.'

그 정도로 상식이 없고 인내심이 없었다면 이 자리까지 올라오지도 못한다.

"그래서 거기서 한 대화가 뭡니까?"

"그냥 가정사에 대한…….."

"그러니까 그 부분에 대해 정확하게 이야기해 주셔야 합니다."

이미 가정사에 대해서 이야기했다고 진술하기는 했지만 자세한 이야기는 듣지 못했다.

"그냥 집안에서 강제로 결혼시키려고 하는 것에 대한 불만과 저주 같은 거였지요."

"우울증?"

"그렇게 보였습니다."

"흠…….."

하긴, 있는 집이라면 행복보다는 조건에 맞춰서 딸을 시집보내려고 하는 게 보통이다.

그래서 생각보다 있는 집 자식들이 우울증에 많이 걸린다.

사랑에 의한 결혼이 아니라 조건에 의한 결혼이 많으니까.

파티에 왔다가 술에 취해서 그걸 하소연하기 시작했고, 기분 좋게 방에 들어왔다가 어색한 분위기에 나가지도 못하고 뭉그적거리던 제린 닉스는 그녀가 잠들고 나서야 간신히 빠져나올 수 있었다.

그게 공식적인 제린 닉스의 진술이었다.

"나올 때 사람들은 별로 없었나요?"

"있기야 많이 있었죠. 하지만 끝나 가는 분위기라…….."

만일 그가 나간 후에 강간이 이루어졌다면 그 안에 범인이 있을 수 있다.

하지만 그 안에 범인이 있다고 해도 그걸 어떻게 증명한단 말인가? 내부에 카메라도 없는데.

'진짜 탈모만 아니었으면…….'

머리를 부여잡던 노형진은 갑자기 문득 한 가지 기억을 떠올렸다.

"탈모라고 하셨지요?"

"네."

"그리고 그 머리카락이 빠져서 걸린 거고?"

"그렇지요."

그는 진짜로 강간하지 않았다고 했다.

노형진이 읽어 낸 기억에도 강간에 관한 것은 없다.

'그런데 그러면 진짜 범인은?'

다른 자가 강간했다면 그의 증거도 있어야 한다.

유전자 검사?

미국의 검사 시스템은 아주 치밀하다.

머리카락 하나만 검사해서 범인을 특정하지는 않는다.

그곳에서 나온 다른 머리카락들도 모조리 검사해서 다른 용의자가 있는지 확인한다.

그래서 이런 사건은 평균 수십 개, 많으면 백 개 이상의 유전자 검사가 들어간다.

그래야 다른 사람이 있었는지 확인할 수 있기 때문이다.

실제로 재판부에서 내놓은 유전자 검사 결과서는 무려 서른 개다. 그리고 그게 다 제린 닉스의 유전자다.

'그런데 왜 가해자 증거는 없지?'

진짜 범인이 콘돔을 끼고 강간해서 일단 정액이 없다는 건 알고 있다.

그렇지만 강간했다면 그의 머리카락 하나라도 떨어졌어야 한다.

일단 몸에서 떨어지는 각질은 옷을 입고 있으면 막을 수 있다. 하지만 머리카락이 단 한 올도 안 떨어진다?

'물론 무스 같은 걸로 떡칠했을 수도 있지만…….'

그런 파티에 참석하는 사람이 그런 가난한 스타일링을 할 리가 없다.

유전자가 없다는 것.

"반대로 그가 유전자를 흘리지 않는 상태일 수도 있다는 것."

"뭐라고요?"

"그냥 그런 생각이 들었습니다. 거기 대머리가 많았나요?"

"대머리요? 뭐, 좀 있었지요."

미국은 생각보다 탈모가 많은 편이다.

유전적으로 탈모는 남성호르몬의 영향을 많이 받는데, 미국인들 중에서 백인들은 유전적으로 남성호르몬이 많이 나오기 때문이다.

그래서 많은 영화배우들이 머리를 아예 박박 밀기도 한다.

"혹시 그 강간범이 아예 대머리일 수도 있지 않겠습니까?"

대머리인 범인이 옷도 벗지 않은 채 콘돔을 쓰고 강간했다면 각질은 떨어지지 않는다.

물론 관계하는 모습이 괴상해지기는 하겠지만, 애초에 남에게 보이려고 하는 행위가 아니니까.

"대머리라고요?"

"그러면 다른 머리카락이 있을 이유도 없지요."

"어⋯⋯."

정상적인 성관계는 양쪽 다 옷을 벗고 한다.

하지만 강간의 경우 남자 쪽이 옷을 다 벗는 일은 드물다. 일반적으로 일단 바지 쪽만 내리고 덮치는 거다.

물론 그런 경우에는 성기 부분의 털이 떨어지기도 하는데⋯⋯.

"요즘은 남성도 왁싱을 많이 하니까요."

만일 대머리의 남성이 왁싱을 하고 강간했다면 털은 나오지 않을 것이다.

표피 같은 건 흘렸다고 해도 사실상 발견하기 힘들고, 강간할 때 콘돔을 사용하면 정액이 나가지도 않는다.

"그거라면 가능할지도⋯⋯."

하이드 맥핀은 정신이 번쩍 들었다.

자신은 무죄를 증명할 방법만 생각하고 있었지 진범을 잡는다는 건 생각도 못 하고 있으니까.

"대머리에 왁싱을 한 남자라고?"

괴상한 조합 같지만 또 불가능한 조합도 아니다.

"만일 바지만 살짝 내리고 성기만 드러낸 상황에서 관계를 맺었다면 유전적인 증거가 남을 가능성은 낮지요."

"허…… 왁싱이라……. 왜 그 생각은 못 했지요?"

"남성 왁싱이 늘어난 건 사실이지만 여전히 극히 일부이니까요."

그렇다 보니 판사고 검사고 경찰이고, 그 부분은 감안 못 할 수밖에 없다.

"애초에 왁싱을 한다는 것 자체가 다른 남성들과는 좀 많이 다른 사람이라는 뜻이죠."

일반적으로 그런 사람은 자신의 외모에 신경을 많이 쓰는 편이다. 그런데 법조계 사람들 중에는 그런 사람들이 많지 않다.

"이런 건 일종의 매력 싸움이니까요."

누군가는 외적인 매력을 통해 여성을 유혹하지만 검사나 변호사, 판사는 그러한 유혹을 하지 않아도 그 직업 자체가 강한 매력을 발산한다.

더군다나 어느 나라든 기본적으로 법률을 전공한 사람들,

특히 판사나 검사 등 국가 소속인 사람들은 보수적인 성향을 띠는 경우가 많다.

남성 왁싱이 일반인들 사이에서도 상당히 드문데 보수적인 세계에서는 더더욱 가능성이 없으니, 검사나 판사도 그 가능성에 대해서는 생각해 본 적이 없을 것이다.

최소한 그와 관련된 경험이나 증언이 있어야 하는데 경찰이 유전적 증거가 없는 이유가 왁싱 때문일 거라고 의심했을 가능성 역시 높지 않다.

"경찰 같은 경우는 그 세계가 워낙 남성적이니까."

그렇다 보니 그런 세계에서도 왁싱을 하는 사람들은 많지 않다.

"그러면 그날 파티 참석자들 중에서 왁싱을 한 사람을 찾아야 하나요?"

"그게 가능하겠습니까?"

참석자들을 모아 두고 '바지를 내려 주세요.'라고 할 수도 없는 노릇이고, 무엇보다 유전적 증거가 없다는 것이 진범이 왁싱을 했기 때문이라는 것도 단순히 추측일 뿐이다.

사실 노형진도 제린 닉스의 기억을 읽지 않았다면 그를 범인으로 의심했을 테고, 탈모니 왁싱이니 하는 것은 전혀 감안하지 않았을 것이다.

"하지만 대머리 참석자들은 찾을 수 있겠지요?"

노형진의 말에 하이드 맥핀은 고개를 끄덕거렸다.

이 문제는 심각한 상황이고 그날 파티에 초대받은 사람들의 명단은 이미 가지고 있다.

다만 그 안에서 대머리를 따로 골라내지는 않았지만 말이다.

"제가 한번 알아보겠습니다. 어렵지는 않을 겁니다."

"가능하면 서둘러 주세요. 그리고 이런 놈이라면 다른 강간 사건이 있을 수도 있습니다."

노형진은 그 부분에서 확신하고 있었다.

"대머리 겁나 많네."

노형진은 혀를 끌끌 찼다.

그날 파티에 참석한 사람 중에서 대머리는 무려 여덟 명이었다.

생각보다 대머리가 많았다.

"이 사람들을 불러서 진짜 바지를 벗길 수도 없는 노릇이고."

"원하신다면 불러서 벗겨 버릴 수 있습니다."

물론 제린 닉스 정도라면 힘으로라도 그게 가능할지 모른다.

하지만 그랬다가는 인권침해 문제가 생긴다.

안 그래도 분위기가 안 좋은데 그런 행동은 명백하게 위험하다.

"그 왁싱이라는 게 자주 해야 하는 겁니까?"

하이드 맥핀은 가게를 털어 볼까 하고 되물었으나 노형진은 고개를 흔들었다.

"그다지 자주 해야 하는 건 아니죠."

즉, 그들을 따라다니면서 가게에 들어가는 걸로는 알 수 없다는 것이다.

거기에다 그가 왁싱을 하는 것과 범죄는 아무런 관련이 없는 상황.

"흠……."

그렇게 수많은 대머리 참석자들을 바라보던 노형진은 문득 재미있는 생각이 들었다.

"파티를 한번 해 보는 건 어떨까요?"

"파티요?"

"그렇습니다. 그때를 재연하는 겁니다."

"재연한다고 와 달라고 하면 올까요?"

"아니, 그때를 재연한다는 게 그때와 똑같이 행동하라는 건 아니죠. 정확하게는 조건을 똑같이 만들어 주는 겁니다."

"조건을 똑같이 만들어요?"

"그렇습니다."

술에 취한 사람들.

기억을 못 하는 여자 그리고 감시 카메라도 없는 공간.

"강간은 재발성이 엄청나게 큰 범죄입니다. 기회가 오면 인간은 그걸 붙잡으려고 하는 성향이 있지요."

만일 똑같은 상황이 발생했는데 똑같이 추적이 불가능하다면, 과연 그 사람은 어떻게 행동할까?

아마도 똑같은 과정을 거치려고 할 것이다.

즉, 강간을 시도할 것이다.

"강간 피해자는 그걸 기억하지 못하니까요."

똑같은 상황에서 그는 한 번 강간에 성공했다.

그리고 경찰이 그 증거를 못 찾고 있다는 걸 알아챘다.

"기본적으로 현대의 수사는 과학입니다."

그런데 그 과학이라는 것은 뭐든 단서가 있어야 한다.

하다못해 눈물이든 뭐든 있어야 하는데 아무것도 없으면 당연히 추적 자체가 불가능하다.

"같은 상황이 오면 안심하고 똑같이 행동할 거라는 말씀이시군요."

"맞습니다."

그리고 그걸 위해서는 똑같은 상황을 만들어야 한다.

"물론 제린 닉스의 이름으로 할 수는 없지요."

"뭐, 명의를 빌려서 파티를 여는 것은 어려운 일이 아닙니다."

하이드 맥핀은 눈을 반짝거렸다.

파티를 준비하는 것은 어렵지 않았다.

비슷한 시설을 가진 저택은 제법 많았고, 그 안에는 프라이버시 때문에 CCTV를 설치하지 않으니까.

물론 그건 공식적으로 말이다.

파티 업체를 통해 준비하고 기존의 대머리 참석자들을 초대하자 그들은 아무런 의심도 하지 않고 초대에 응했다.

"구조는 그 파티장과 똑같습니다. 다만 그들을 제외한 나머지 사람들은 최대한 연기자로 채웠습니다."

"아예 몽땅 연기자로 채운 건 아니죠?"

"설마요."

만일 모든 사람들을 연기자로 채우면 그들이 의심할 수도 있다.

소위 말하는 셀럽이라는 존재들 중에는 파티를 따라다니는 사람들이 많다.

당연히 파티장에서 자주 만나면서 이야기하는 사람이 있기 마련이다.

그런데 그런 사람이 아무도 없는 파티라면 그건 이상한 일이다.

"사회적으로 명망이 있는 사람들을 좀 초대했습니다."

절반 정도는 그런 사람이고 절반 정도는 연기자들이었다.

그러니 기존 참석자들이 이상하게 생각할 일은 없다.

"방은 비워 놨습니까?"

"네, 방은 비워 놨습니다. 만일을 대비해서 문은 잠가 뒀고요."

누군가 먼저 그 안에 들어가서 방을 차지하면 곤란하기에 그 방만 잠가 둔 상황이다.

그리고 연기가 시작되면 연기자들은 그 안으로 들어갈 것이다.

"일단 계획대로 된다면 다행이기는 한데……."

사실 노형진이 왝싱이라는 황당한 생각을 했지만 그들이 진짜 범인이 아닐 가능성도 분명 존재한다.

이상하리만치 깨끗한 현장이 마음에 걸려 그렇게 생각한 거지만, 반대로 노형진이 모르는 다른 뭔가가 있을 수도 있는 일이다.

"일단은 우리도 좀 쉬죠."

파티는 이제 시작이다.

사람들이 한창 왁자지껄하게 즐길 시간인 만큼 이 시간에 일이 터질 가능성은 낮다.

"그럴까요?"

노형진과 하이드 맥핀 그리고 제린 닉스는 옆집을 빌려서 숨어 있는 중이었다.

"그러죠."

파티 준비를 노형진이 한 건 아니지만 만일의 사태에 대비하기 위해 계속 지켜봐야 했기에 그 또한 피곤한 상태였다.

"먼저 눈 좀 붙이겠습니다."

노형진은 뒤쪽에 있는 침대에 드러누워 그대로 눈을 붙였다.

"미스터 노."

"크흡."

누군가 자신을 흔들어 깨우자 노형진은 일어나다가 입가로 침이 흐르는 것을 느끼고는 황급하게 닦았다.

"어…… 제가 얼마나 잤나요?"

"다섯 시간 정도 주무셨습니다."

"아…… 깨우시죠."

"잠이 안 오네요. 닉스 씨도 그렇고요."

하긴 제린 닉스 입장에서는 성공하면 단숨에 혐의에서 벗어나는 것인 만큼 잠이 올 리가 없다.

"미안합니다. 좀 피곤해서……."

침을 벅벅 닦으면서 일어나는 노형진.

하이드 맥핀이 깨웠다는 것은 이제 작전을 시작할 시간이라는 거다.

"방금 전에 연기자가 방을 나갔습니다."

두 명의 연기자가 이번 연기에 동원되었다.

완전히 술이 취해서 꽐라가 되어 버린 여성 연기자 그리고 그런 그녀를 부축해서 방으로 들어가는 남자 연기자.

한 시간쯤 지나자 남자는 방에서 나왔고, 여성 연기자는 여전히 침대에 누워 있었다.

"의심스러운 놈이 있던가요?"

"한 명 있습니다. 저쪽의 2번 카메라가 집중적으로 잡고 있는 놈입니다."

노형진이 고개를 돌려 보니 한 대머리 남자가 서 있었다.

"프랭크 바우어입니다."

"프랭크 바우어⋯⋯."

노형진은 기억을 더듬었다.

그리고 기억해 냈다.

프랭크 바우어.

인터넷 서비스 업체인 칼립소의 창업자이자 경영인.

그의 칼립소는 상당한 이슈를 일으키면서 성장 중이었다.

"꽐라가 된 연기자 여성에게서 눈을 떼지 못하더군요."

이미 촬영된 영상을 돌려 보니 확실히 프랭크 바우어는 그 연기자의 주변에서 맴돌면서 그녀를 지켜보고 있었다.

"정확하게 그녀가 취한 연기를 한 시점부터입니다."

사실 그녀는 계속해서 칵테일을 연거푸 들이켜는 연기를

했다.

그러나 그녀가 먹은 칵테일은 무알코올이다. 그냥 모양만 칵테일일 뿐이지 맹물에 색소를 탄 수준이다.

그녀는 그걸 몇 잔 먹고 잔뜩 취한 티를 냈고, 그녀와 함께 있던 다른 여자 연기자들도 다른 남자 연기자들에게 끌려서 슬슬 그녀에게 멀어졌다.

"그리고 다른 사람이 그녀를 데리고 올라갔으니……."

"혼자 있는 게 확실한 거죠."

방금 전 그 남자는 나왔다.

만일 여기서 프랭크 바우어가 그냥 집에 간다면 상황이 달라지겠지만…….

"움직이네요."

감춰진 카메라는 그의 동선을 따라가고 있었다.

사람들은 대부분 이제 슬슬 지쳐서 집으로 갈 생각을 하고 있었고, 그나마 남은 사람들도 상당히 술에 취한 시간이다.

단순하게 즐기는 사람들은 이미 집에 간 상황.

남은 건 이제 술에 잔뜩 취한 사람들뿐이었다.

"확인했습니다."

카메라에 마지막으로 비친 것은 그가 방으로 들어가는 모습이었다.

노형진은 자리에서 벌떡 일어났다.

"일단 바지를 벗겨 볼 시간이군요."

"이 개새끼."

이를 뿌드득 갈고는 가장 먼저 뛰어나가는 제린 닉스.

그들은 뒷문을 통해 빠르게 저택 안으로 들어갔다.

그리고 주저하지 않고 문을 벌컥 열었다.

"어?"

프랭크 바우어는 엉거주춤하게 서 있었다.

바지는 엉덩이에 걸쳐져 있고, 잔뜩 성을 내면서 서 있는 그의 성기에는 콘돔이 끼워져 있었다.

여자는 아예 죽은 듯 침대에서 꼼짝도 하지 않고 있었다.

그리고.

"민둥산이네?"

노형진은 그의 성기를 보면서 확신했다.

그의 성기 주변은 왁싱이 되어 있었다.

"이 씨발 새끼가!"

화를 참지 못한 제린 닉스가 달려가서 그의 성기를 발로 차 버렸다.

"끄어어억!"

프랭크 바우어는 안 그래도 잔뜩 서 있던 성기를 부여잡으면서 바닥에 주저앉았다.

"이 씨발 새끼! 너 때문에……!"

"진정하세요."

하이드 맥핀은 그런 그를 진정시키면서 끌어냈다.

이것이 법이다

이러다가는 진짜로 때려죽일 것 같았으니까.

"끄르르륵."

"죽여 버릴 거야!"

"뭐, 뭐 하는 겁니까?"

프랭크 바우어는 힘들게 일어나면서 따졌다.

"너 이 새끼! 네가 강간했지!"

"난 누구도 강간하지 않았습니다!"

프랭크 바우어는 거칠게 항의했다.

"하이젠 밀러를 당신이 강간한 거 압니다."

"무슨 말도 안 되는 소리야! 난 아무것도 안 했다니까!"

"물론 그렇게 주장하시겠지요. 하지만 그건 경찰에서 조사해 줄 겁니다."

프랭크 바우어는 사람들을 밀면서 그곳에서 나가려고 했다.

"헛소리! 누구 마음대로! 난 갈 거야! 어디 사람한테 죄를 뒤집어씌워?"

"글쎄요. 그건 힘들걸요."

"너희들이 뭔 권리로?"

"저기에 계신 여자분을 강간하려고 하지 않았습니까?"

"뭔 소리야? 합의한 거야!"

노형진이 여자 쪽을 바라보면서 말했다.

"그만 일어나셔도 됩니다."

"아, 다행이다. 저 미친놈이랑 진짜로 해야 하나 고민하고 있었는데."

지금까지 술 냄새를 풀풀 풍기면서 쓰러져 있던 여자가 벌떡 일어나자 프랭크 바우어의 얼굴이 딱딱하게 굳었다.

"당신이 범인이라는 의심이 들어서 저희가 판 함정이지요."

물론 그녀는 전문 콜걸이다.

돈을 준다면 관계까지도 상관없다고 계약하기는 했지만, 노형진은 강간범에게 마지막에라도 그런 행동을 할 수 있는 기회를 주고 싶지 않았다.

"합의하셨습니까?"

"합의는 무슨. 들어오자마자 바지부터 내리고 거시기를 흔들면서 세우기 바쁘던데요? 말 한마디 안 하고."

"즈, 증거 있어?"

여자가 손가락으로 한쪽을 가리켰다.

그곳에는 작은 카메라가 감춰져 있었다.

"증거야 넘치네요, 강간범 아저씨."

"어……."

프랭크 바우어는 그 자리에 털썩 주저앉았다.

"경찰이 아주 즐겁게 당신을 조사할 것 같군요."

노형진은 그런 그의 어깨를 두들기면서 말했다.

"프랭크 바우어가 조사해 보니 강간만 네 번째더군요."

그중에서 두 번은 피해자가 기억을 못 했고, 한 명은 강간 신고는 했지만 범인을 특정하지 못했다.

"머리도 탈모가 진행되어 아예 밀어 버렸고, 거시기도 노 변호사님의 말대로 왁싱을 했다고 하더군요."

성기뿐만 아니라 눈썹을 제외한 온몸의 털을 다 밀어 버렸던 것.

"거기에다 강간할 때 바지의 앞부분만 내려서 함으로써 다른 부위에서 각질 등이 떨어지지 않게, 용의주도하게 했다고 합니다."

그래서 경찰은 그의 존재를 몰랐던 것이다.

"과학수사의 부작용이네요."

과학수사는 명확하게 범인을 특정할 수 있지만 반대로 증거가 없으면 특정도 불가능하다.

"현대에 와서는 어쩔 수 없는 일이지요."

과학수사는 수사의 한 기법이 되어야 하는데 너무 거기에 기대다 보니 의외로 관련 함정에 빠지는 것이다.

"과학수사 팀도 왁싱은 생각도 못 했답니다."

"저도 못 했습니다."

지금까지 수많은 사건을 봐 왔지만 남자가 왁싱을 한 경우는 처음 봤다.

당연히 누가 그걸 상정하고 움직이겠는가?

"심지어 체액이 떨어지는 걸 막기 위해 마스크까지 준비했더군요."

"철저하군요."

그런 상황이니 대부분의 사람들은 그의 존재 자체를 모를 수밖에 없다.

"일단 제린 닉스 대 하이젠 밀러 사건에 대해서는 새롭게 조사 중입니다."

그 현장에서는 처음부터 제린 닉스에 대한 혐의가 확정적이어서 프랭크 바우어에 대해서는 아예 조사도 없었다.

그러나 프랭크 바우어가 체포당한 후 그의 동선을 확인하자, 그가 그 저택에서 제린 닉스가 나오고 대략 40분쯤 있다가 나오는 모습이 발견되었다.

그리고 탐문 결과, 그 40분 사이에 그를 봤다는 사람이 없었다.

"상황은 이렇게 정리되는 것 같네요."

하이드 맥핀은 혀를 내두르며 말했다.

그동안 노형진에 대해 많이 들었고 엠버와 함께 수많은 사건을 해결하는 걸 봤지만 그가 직접 이런 방식으로 함께 일을 해 본 건 처음이었으니까.

"어때요? 하실 만합니까?"

"할 만하다고 해야 하나요? 다른 재판에 비해 난이도가 높네요."

"드림이니까요."

남들이 하지 않는 방식으로 사건을 해결하는 드림이다.

그렇기에 억울한 사람들이 최후에 선택하는 곳이기도 하다.

"드림을 잘 부탁드립니다."

"부담스럽네요."

하이드 맥핀은 걱정스럽게 말했다.

사실이다.

자신만만하게 시작했지만 생각보다 더 어려웠다.

"뭐, 처음부터 잘하는 사람이 어디에 있겠습니까? 점점 더 잘하게 되실 겁니다, 하하하."

노형진은 웃으며 말했다.

"그러면 이제 남은 건 데이튠즈의 주식을 넘겨받는 것뿐인데, 그건 어떻게 할까요?"

"일단은 쥐고 있지요. 금방 성장할 테니까요."

조금 있으면 데이튠즈는 날개를 달고 날아오른다.

그때는 더 많은 돈을 벌게 될 것이다.

"그리고 그 돈으로 드림은 더더욱 커질 겁니다."

그건 자신 있게 말할 수 있었다.

일단 때리고 보자

새로운 해가 시작되었다.

하지만 여전히 한국은 뒤숭숭했다.

새해에 대한 기대보다는 현 상황에 대한 두려움이 더 컸기 때문이다.

독일, 대룡에 막대한 세금 지원 약속

중국, 대룡에 무상 토지 대여 약속

미국, 선거를 잡기 위해 대룡의 미국 이전에 총력전

대룡의 기업 이전 발표.

대룡의 규모를 생각하면 이전은 대한민국에 어마어마한

피해를 가지고 올 수밖에 없다.

　그런데 그 소문은 여전히 계속되고 있었다.

　이로 인한 경제 문제만이 아니라, 정치도 문제였다.

　정확하게 표현하자면 정치가 더 문제라는 것이 맞는 말일 것이다.

　－홍안수 대통령이 일본에서 공부한 10년 동안의 과거에 이상한 점이 있습니다. 홍안수 대통령은 그 이후에 일본의 전폭적인 지지를 받아 왔습니다.

　－그건 국가를 위해 노력하는 대통령을 모욕하는 말입니다.

　－그 당시 대기업들이 얻고자 했던 특허 사용권을 홍안수 대통령이 모조리 독점했습니다. 이과 출신도 아닌데 말입니다.

　－사용권에 대한 독점적 허락을 받아 온 건 칭찬받아야지요.

　－독점적 허락을 받은 게 아니라 홍안수 대통령의 기업만을 통해 허락받아야 했습니다. 결국 하청에 하청을 주는 꼴인데, 그러면 돈이 이중으로 나가는 거 아닙니까?

　방송에서는 패널들이 홍안수의 과거에 대해 치열하게 싸우고 있었다.

　싸우는 건 방송뿐만이 아니었다.

　－홍안수는 물러나라!

　－쪽발이 스파이!

-닥쳐라! 빨갱이!

-홍어 놈들 뒈져라!

-빨갱이 새끼들을 지옥으로!

-각하, 계엄을 선포하셔서 빨갱이를 도륙해 주십시오!

정부 관련 뉴스가 나오면 말 그대로 대혼란이 벌어졌다.

그리고 결과적으로 보면 유리한 건 홍안수 쪽이었다.

"요즘은 인터넷을 보고 있자면 아주 그냥 속이 터지네요. 완전히 풀로 알바들을 돌리나 봅니다?"

노형진은 뉴스를 보다가 혀를 끌끌 차면서 스크롤을 내려 버렸다.

댓글의 70%는 홍안수에 반대하면 빨갱이라고 매도하면서 일을 시끄럽게 만드는 것이었다.

"그럴 걸세. 홍안수 입장에서는 아무래도 분위기가 좋지 않으니까. 일설에서는 탄핵 이야기도 나오고 있고."

송정한은 노형진과 함께 자신의 사무실에서 커피를 마시며 말했다.

그의 얼굴이 피곤에 찌들어 있는 것이, 확실히 이번 일이 무척이나 힘든 모양이었다.

"당에서의 반응은 어떻습니까?"

"일단 대충 조사 결과가 나오기를 기다리고는 있지만, 자체적인 조사에 따르면 홍안수의 스파이 혐의를 확신하는 분위기야."

그럴 수밖에 없다.

한국과 일본이 뭔가를 하려고 할 때마다 일본은 한국의 약점을 정확하게 알고 요구했다.

아무리 홍안수가 친일 대통령이라고 해도 이건 말도 안 되는 수치다.

"그래서 홍안수가 주요 정보를 건넸다고 생각하고 있네. 웃기지 않나, 대통령이 정보를 빼돌리다니?"

"뭐, 국회의원도 정보를 빼돌리는데요, 뭘."

"부정을 못 하니 그게 더 슬프군."

국민들이 모를 뿐, 국회의원들이 돈을 받고 해외로 주요 정보를 빼돌리는 것은 생각보다 많이 벌어지는 일이다.

다만 그들이 권력자이고 그들에 대해 조사하면 정치 탄압이라는 말이 나오기 때문에 쉬쉬하는 것일 뿐.

"어찌 되었건 당에서는 탄핵 쪽으로 가닥을 잡기는 한 모양인데……."

송정한은 들고 있던 커피 잔을 내려놓으며 말했다.

"하지만 아무래도 파워가 좀 약하지. 무슨 말인지 알지?"

"무슨 뜻인지 압니다. 그래서 저를 부르신 거군요."

"정식으로 자네에게 의뢰하고 싶으니까."

홍안수가 스파이로 의심된다는 것은 탄핵의 이유가 될 수 없다.

그리고 홍안수는 관련 증거를 단 하나도 남겨 두지 않았다.

만일 그게 남아 있었다면 벌써 탄핵이 이루어졌을 것이다.

"하지만 우리나라에는 사상의 자유가 있지."

웃긴 일이지만 한국에서 빨갱이라고 하면 기겁하면서 죽일 듯이 말하는데, 한국의 헌법에 따르면 그게 단순한 사상일 경우에는 문제가 되지 않는다.

그 사상이 국가 전복 시도 등 국가에 실질적으로 피해를 주는 행위로 이어지지 않는 이상에는 말이다.

그건 빨갱이뿐만 아니라 친일파라는 것도 마찬가지인지라, 아무리 대통령이 의심받는다고 해도 그걸 가지고 탄핵까지 가지는 못한다.

'하긴 전임 대통령도 그것 때문에 문제가 많았지.'

만일 전임 대통령이 그냥 조언만 받는 정도였다면 탄핵은 꿈도 못 꿀 수준이었을 것이다.

하지만 스스로 노예가 되어서 하나에서 열까지 범죄자의 명령을 받았고, 그게 증거로 남아서 탄핵된 것이다.

결정적으로 헌법을 수호하는 대통령으로서 대한민국의 헌법을 무시한 것이 심각한 문제였다.

"그래서 탄핵될 만한 뭔가를 찾아 달라는 말씀이십니까?"

"그래. 가능하다면 자유신민당에서도 찍소리 못 할 문제로 말이야."

"요즘 그쪽이랑 사이가 안 좋은가 보군요."

"언제는 사이가 좋았나?"

"뭐, 국회의사당에서는 소새끼 개새끼 해도 방송 끝나면 손잡고 같이 룸살롱 가는 거야 다 알려진 사실 아닙니까?"

송정한이 피식 웃었다. 틀린 말은 아니니까.

"하지만 이 문제는 심각하지. 자네도 알지 않나? 만일 여기서 탄핵이 이루어지면 다음 선거에서 자유신민당은 치명적이야. 그런 상황에서까지 우리와 함께 하하 호호 하겠나?"

"그건 그렇겠네요."

노형진은 고개를 끄덕거렸다.

"그러면 제가 좀 알아보도록 하지요."

"대통령과 독대 자리를 좀 마련해 볼까?"

송정한은 노형진의 능력을 알고 있다. 그래서 혹시나 하고 물어본 것이다.

하지만 노형진은 고개를 저었다.

"그럴 수는 없습니다. 홍안수가 저를 만나 줄 리도 없거니와, 도리어 만나게 되면 우리가 불리해집니다."

"어째서?"

"저쪽에서 우리가 와서 협잡질을 하고 갔다고 주장할 수도 있고, 반대로 우리가 불법적인 걸 요구했다고 할 수도 있으니까요."

노형진이 아무리 뛰어난 사람이라고 해도 한국의 대통령과의 대화를 녹음할 수 있는 능력은 없다.

당연히 녹음 자료가 없는 이상 그들에게 뭔가 이야기해서 문제를 해결하는 것은 불가능하다.

"더군다나 지금 홍안수는 제가 자신을 노리는 걸 알고 있습니다. 그런 놈이 저를 섣불리 만나려고 하겠습니까?"

"하긴 그도 그렇군."

결국 노형진의 사이코메트리 능력 없이 일해야 한다는 거다.

"그래도 뭔가 찾아보면 나오지 않겠습니까?"

홍안수는 욕심이 많은 사람이다.

일을 한두 개만 저지르지는 않았을 것이다.

"기다리시면 좋은 일이 있을 겁니다."

노형진은 웃으면서 자리에서 일어났다.

'이도 저도 안 되면 CIA 국장과 개인 면담이라도 하지, 뭐.'

노형진은 그렇게 생각하면서 자신의 차량으로 향했다.

그리고 시동을 걸고 국회의사당을 나왔다.

'홍안수는 분명 이번 사태를 해결하기 위해 뭐든 하려고 할 거야. 정치적인 위기를 해결하는 가장 좋은 방법은 다른 문제를 만드는 거야. 그런데 일본하고의 문제는 도리어 스파이설이 더욱 부각될 테니 따지지 못할 테고, 그럼 미국? 하지만 미국도 스파이 문제를 가지고 협박하는 것 같은데…….'

그렇다면 상대국은 많지 않다.

동남아 쪽은 문제가 안 될 테고, 중국은 잘못 건드리면 그 미친놈들이 뭔 짓을 할지 모른다.

'결국 만만한 건 북한인데.'

자신들에게 불리한 정치적인 문제가 생겼을 경우 자유신민당 쪽에서 가장 먼저 쓰는 방법이 바로 북한 문제다.

한국인들이 북한만큼 증오하는 대상은 일본뿐이니까.

'북한이라…… 북한에다가 포라도 쏴 달라고 하려나? 하지만 그건 너무 흔한데, 그놈들이 툭하면 포를 쏴 대는 바람에. 미사일도 그렇고.'

신호가 바뀌자 앞으로 나가려고 하던 노형진.

그 순간 그는 뭔지 모를 섬뜩한 느낌을 받았다.

지금까지 겪어 보지 못했던, 전신의 털이 곤두서는 듯한 느낌.

그는 오른쪽으로 고개를 돌렸다.

창밖으로 보이는 비탈 저편에서 한 대의 트럭이 미친 듯이 내려오고 있었다.

"미친!"

노형진은 트럭을 피하기 위해 황급히 액셀을 콱 밟았다.

그런데.

푸드득.

시동이 꺼졌다.

"아……."

아무리 키를 돌려도 반응이 없는 차.

그 순간, 노형진은 깨달았다.

한 번 당한 일을 두 번 당하지 말라는 법은 없다는 것을.

그리고…….

콰지직!

8톤 트럭이 노형진의 차량을 덮쳤다.

노형진은 사력을 다해서 몸을 감았다.

그리고, 어둠이 찾아왔다.

⚖

어둠 속. 그 안에서 노형진이 얼마나 있었는지는 모른다.

그러나 그는 그 안에서 작은 빛을 발견했고, 사력을 다해 잡기 위해 노력했다.

그리고 마침내 그걸 잡았을 때, 갑자기 세상이 밝아지는 듯하더니 하얀 천장이 눈에 들어왔다.

"어…….."

"혀, 형진아! 노형진!"

"여기는…….."

"형진아! 살았구나, 살았어! 선생님! 선생님! 여기 형진이가 깨어났어요!"

누나 노현아의 목소리.

노형진은 일어나려고 하다가 닥쳐오는 통증에 꼼짝도 하지 못했다.

"끄응……."

"움직이지 마. 너 아직 환자야."

"여기 어디야?"

"대룡병원이야. 너 사고 나고 여기로 왔어."

"사고? 아…… 사고……."

그제야 노형진은 자신이 사고를 당한 것이 기억났다.

갑자기 비탈길에서 내려온 8톤 트럭이 자신의 차를 옆에서 그대로 박아 버린 것.

"차는…… 아니, 범인은?"

"범인은 도주했어. 애초에 차도 도난 신고가 되어 있었던 거고."

"도난 신고라……."

노형진은 헛웃음이 나왔다.

도난 신고란다. 세상에 어떤 미친놈이 8톤 트럭을 훔친단 말인가?

물론 8톤 트럭이 비싼 차량이기는 하다.

하지만 그건 특수 목적 차량이다. 당연히 훔친다고 해도 쓸 수도 없다.

"끄응……."

노형진은 힘겹게 몸을 일으켰다.

아프기는 하지만 그래도 움직일 수 있다니.

"차가 좋은 값을 하네."

"좋은 값 정도가 아니라 기적이야, 기적."

"기적?"

"그래. 차고가 조금만 더 높았어도……."

노형진이 그날 타고 간 차는 사건을 해결하면서 산 슈퍼카였다.

기왕 산 거 간간이 타고 다니면서 기분을 내곤 했는데, 그날은 원래 송정한을 만난 후에 다른 행사가 있어서 그 차를 가지고 갔다.

"하긴, 그게 차고가 낮지."

차고가 높았다면 압력을 고스란히 받아 찌그러들었을 것이다.

하지만 차고가 낮은 덕분에 위쪽이 긁히면서 트럭이 대각선으로 걸려 버렸고, 하부 필러가 차량의 충격을 그대로 상쇄하는 데 성공했다.

애초에 슈퍼카라는 게 고속 주행을 목적으로 만들다 보니 전복하는 경우 데굴데굴 굴러서 그 충격을 상쇄하게끔 설계되어 있어 그런 충격에 강한 덕분에 차가 대각선으로 끼인 상태에서 쭈르르륵 밀려났던 것.

거기에다가 노형진 옆에는 다른 차가 없었다.

그래서 밀려난 차량은 그대로 길에 있는 상가로 돌진했고, 트럭은 거기에서 걸려서 멈췄는데 그 반동으로 노형진의 차량은 튕겨 나가 굴러서 결과적으로 압사도 면했다.

말 그대로 기적 같은 일이었다.

'기적이라……'

온몸이 욱신거려 절로 눈이 찡그러진다.

회귀 전처럼 또 죽을 뻔했다.

"으으…… 내가 얼마나 기절한 거야?"

"닷새이야. 다행히 몸에 큰 충격은 없다지만."

"이게?"

"사고 난 걸 생각해 봐."

8톤 트럭에 정면에 들이받혔다.

그런데 심하다고 하지만 그래도 전신 타박상으로 끝난 게 어디인가.

"후우."

노형진은 결국 한숨을 쉬면서 다시 침대에 누웠다.

"고마워, 누나. 누나밖에 없네."

"제발 걱정 좀 그만 시켜. 돈이 없니, 뭐가 없니?"

"그렇다고 이불 속에서만 살 수는 없잖아."

피식 웃는 노형진.

하지만 속으로도 웃을 수는 없었다.

⚖

"어떻게 생각하십니까?"

"당연한 거 아닌가."

대룡의 VVIP 병실. 그곳에 네 사람이 모여 있었다.

"이건 명백하게 국정원의 솜씨야."

김성식은 차가운 눈빛으로 말했다.

암살 시도다. 그것도 대통령에 의한 암살 시도.

"증거가 필요합니다."

"증거는 이 정도면 될지도 모르겠군."

그는 조용히 뭔가를 꺼내서 노형진에게 내밀었다.

"이게 뭡니까?"

뭔지도 알 수 없는 작은 부품.

너무 작아서 보고도 무심하게 넘어갈 법한 부품이었다.

"자네 차가 시동이 꺼졌다고 했지?"

"그랬지요. 피하려고 했는데…… 아!"

"맞네. 이게 그 주범이야."

김성식의 말에 노형진은 그걸 받아서 이리저리 살폈다.

그러다가 그 모양이 익숙하다는 생각이 들었다.

"이거, 차량에 들어가는 퓨즈 아닙니까?"

"맞아."

"그런데 이게 주범이라고요?"

"속임수지. 이 퓨즈는 국산이야. 자네가 탄 차량에 원래 있던 것과는 모양이 다르지."

"국산이라……. 그렇군요. 이걸로 조작했다 이거군요."

만일 사고가 나고 이게 튕겨 나갔다면 사건 조사관들은 어떻게 생각할까?

당연히 그 사고로 인해 튕겨 나간 차량용 퓨즈라고 생각했을 것이다.

문제는 이 퓨즈가 국산 차량용으로 만들어진 거라는 거다.

정확하게는 퓨즈 모양을 베낀 다른 무언가일 테지만 말이다.

그러나 노형진의 차량은 아예 외국 차량이고, 그것도 단순 공산품이 아니라 슈퍼카다. 당연히 퓨즈의 모양이 다르다.

"그걸 모른 놈이 설치했나 보군요."

"작은 실수인 거지."

송정한은 사고가 나자마자 인력을 총동원해서 해당 지역을 봉쇄하고 의심스러운 것을 싹 긁어모았다.

경찰에서는 자기네 권한이라고 우기며 어떻게 해서든 막으려 했지만, 이미 결정적 증거는 송정한에게 설명을 들은 김성식이 싹 털어 낸 후였다.

"저를 죽이려고 했다는 거군요."

노형진은 그걸 잡고 꾸욱 쥐었다.

한번 정권에 밉보여서 죽었다.

그래서 대비를 해 왔는데, 그럼에도 다시 한번 죽을 뻔했다는 사실이 어이가 없었다.

"자네가 그만큼 위험한 상대라는 거지. 자네도 알지 않나?"

유민택은 진지한 얼굴로 말했다.

"자네가 죽었으면 사실 이 모든 일이 멈췄을 거야. 저쪽도 아는 거지. 자네가 맡은 일이 한두 개도 아닌데 자네가 브레인이라는 걸 모르겠나?"

"끄응."

그러니 노형진만 죽이면 문제는 어떻게든 해결할 수 있다고 생각했을 것이다.

설사 다른 사람이 투입된다고 해도 노형진만큼 능력을 낼 수 있을지는 불확실하다.

"진짜 하늘이 도왔군요."

만일 그날 차고가 높은 SUV나 승용차를 가지고 갔다면 노형진은 진짜 죽었을 것이다.

국정원 입장에서도 노형진이 슈퍼카를 가지고 갈 거라고는 생각도 못 했을 것이다.

노형진은 일반적으로는 슈퍼카를 타고 다니지 않는다.

특히 공식적인 일에는 무조건 세단류를 타는 게 그의 습관이었다.

그런데 그날만은 노형진이 즉흥적으로 슈퍼카를 탄 것이다.

"만일에 대비해서 제 차에 몰래 설치해 둔 것 같기는 한데……."

헛웃음이 나오는 노형진.

하긴 집 안에 두는 차도 아니고 아파트 주차장에 두고 살았으니 작업하는 건 어렵지 않았을 것이다.

"하지만 제가 공격당하면 마이스터와 미다스가 보복할 거라는 건 감안하지 않았을까요?"

송정한이 고개를 절레절레 흔들었다.

"나라를 망치는 한이 있어도 정권은 잡아야 한다고 생각하는 게 정치인들이야. 그들의 공격으로 대한민국이 파탄 난다 해도 상관없는 일이라는 거지. 도리어 아예 죽어 버리면 포기하고 손을 뗄 거라고 생각했을 수도 있지."

"그것도 틀린 말은 아니네요."

현실적으로 사고일 뿐인데 한국에 전쟁을 선포할 수도 없는 노릇일 테고 말이다.

"만일을 대비해서 병원 보안에도 신경을 썼네."

방문하는 사람도 정해진 사람만 출입시켰고 보안 팀도 새론에서 파견했으며, 심지어 저격을 대비해서 창문까지 다 가렸다.

저격까지 걱정하는 게 어찌 보면 오버일 수도 있겠지만, 노형진도 설마 국회의사당 앞에서 차로 자신을 밀어 버릴 거라고는 생각하지 못했다.

더군다나 노형진에게는 이미 적이 많다.

당장 노형진을 죽이고 싶어 하는 사람들의 숫자를 생각하면 못해도 백 단위는 넘어갈 것이다.

"그러니 적당히 증거를 조작해서 떠넘겨도 되는 거고."

유민택의 말은 절대 농담으로 들리지 않았다.

특히나 노형진은 이미 한번 당한 경험이 있어서 더더욱 그랬다.

"어쩔 생각인가? 당장이라도 보복하겠나?"

노형진이 보복한다고 나서면 어떻게 될까?

그때는 아마 지옥 같은 일이 벌어질 것이다.

대한민국에는 IMF 사태 이상 가는 경제 몰락이 닥치게 될 테고…….

"아니요. 안 합니다."

"안 한다고?"

노형진의 말에 세 사람은 깜짝 놀랐다.

지금까지 노형진은 자신을 공격한 사람을 결코 가만두지 않았다.

더구나 이번 일은 단순 공격도 아니고 암살 시도였다. 그런데 보복을 하지 않는다니?

"진심인가?"

"진심입니다. 아, 혹시나 해서 드리는 말씀인데, 제가 안 한다는 건 경제적 보복입니다."

"경제적 보복?"

"그렇습니다. 경제적인 보복을 안 한다는 겁니다. 지금 경제적 보복이 들어가면 한국은 여러모로 많이 힘들어질 겁니다."

이미 한국의 경제에 대해 해외에서 심각한 우려를 표명하고 있는 상황이다.

가장 큰 이유는 바로 대룡의 이전이다.

그 상황에서 마이스터를 통한 보복이 시작되면 진짜로 한국은 위험해진다.

"하지만 지난번에는 하지 않았나?"

"지난번과 지금은 다릅니다. 지난번에는 그 보복 협박이 먹힐 만한 상황이었지요."

하지만 이제는 아니다.

최소한 그때는 정권과 보복이 큰 관련이 없었을 때다.

하지만 지금은 저쪽이 한국의 경제 시스템 붕괴를 각오하고 공격한 상황이다.

"이 상황에서 경제적 문제요? 그건 중요한 게 아니게 됩니다. 도리어 그 상황이 되면 부자들의 전형적인 패턴을 따라가게 될 겁니다."

"부자들의 전형적인 패턴?"

"빼돌리는 거죠."

부자는 망해도 삼대는 간다는 말이 생긴 이유는 간단하다.

빚을 갚기보다는 그 돈을 빼돌려서 자기 재산을 늘리는 데 신경 쓰기 때문이다.

"뻔한 패턴 아닙니까?"

일단 정권을 잃을 것 같으면 아예 작심하고 영혼까지 다 털어서 경제를 작살낸다. 그리고 그 후에 들어선 다음 정권 은 똥만 치우게 만드는 전략.

국민들은 애석하게도 대부분 10년을 바라보지 못한다.

민주주의의 한계다. 미래의 100억보다 당장 눈앞의 100만 원에 집중하는 사람들이다.

당연히 똥을 치워야 하는 다음 정권은 경제성장은커녕 빚 을 정리하는 것만 해도 버겁다.

그리고 그게 어느 정도 정리될 때쯤이면 다시 선거철이 다 가오는데, 제대로 경제가 살아나지 못한 상태이기 때문에 정 권이 바뀐다.

똥을 치우는 건 오래 걸리고 티도 안 나기 때문이다.

"하지만 정권이 다시 바뀌면 또 상황이 달라지지요."

일단 똥은 대충 치웠으니 거기에서부터 계속 상승하면 되 고, 그 후에는 경제 정당이라는 허무맹랑한 이름이 붙는다.

"이건 대부분의 선거하는 국가에서 벌어지는 현실이지 요."

한국만 그런 게 아니다.

일본도 그랬고 그리스도 그랬으며 미국도 그랬다.

웃기게도, 확실하게 정권을 되찾기 위해서는 경제를 박살 내는 게 가장 좋은 방법이다.

그리고 그렇게 작정하고 경제를 박살 내기 시작하면 **빼돌**

릴 수 있는 돈이 어마어마해져서, 그 돈으로 다다음 선거를 준비할 수 있다.

"만일 제가 여기서 공격한다면 또 그 꼴이 날 겁니다."

경제가 박살이 난 상태에서 다음 정권이 들어오는 건 노형진이 원하는 게 아니다.

"뼁카로 쓸 수는 있지만 진짜로 쓰기는 애매하다는 거군."

"유 회장님도 진짜 해외로 나갈 건 아니지 않습니까?"

"그건 그렇지. 하지만 그러면 어떻게 할 생각인가?"

"아무래도 이번에 제대로 큰 건을 손아귀에 넣어야 할 것 같습니다."

"큰 건?"

다들 살짝 떨었다.

노형진이 큰 건이라고 표현한 사건은 많지 않다.

그런 그가 저렇게 단호하게 큰 건이라고 한다?

"네, 아주 큰 건입니다. 아마도……."

노형진의 입가에 잔인한 미소가 떠올랐다.

"대한민국의 경제가 통째로 제 손아귀에 들어올 겁니다, 후후후."

⚖

비트코인. 노형진이 미래를 위해 투자한 것이다.

그리고…….

"현재 가격이 대략 800만 원선이군."

노형진은 그 가격을 보면서 테이블을 두들겼다.

그리고 노형진의 호출에 한국으로 온 로버트는 진지한 표정으로 물었다.

"미스터 노, 진짜로 하실 생각입니까?"

"못 할 이유라도 있나요? 비트코인은 관련 법이 없지 않습니까?"

"그건 그렇지만……."

"어차피 오르고 있는 비트코인입니다."

"하지만 이건 위험한 게임입니다."

"압니다. 하지만 그래서 이번이 기회라고 생각하는데요. 지금 비트코인이 800만 원선입니다. 그런데 이게 한 2,500만 원 정도만 되어도 이율이 어마어마하겠지요."

"어마어마한 정도가 아닙니다."

노형진은 슈퍼컴퓨터로 오래전부터 비트코인을 채굴해 놨다.

말 그대로 제로에서 나온 거다.

그러니 그냥 팔아도 수익이 장난이 아니다.

하지만 노형진은 그냥 팔 생각이 없었다.

'이때쯤부터일 거야.'

이 시기부터 비트코인은 조금씩 상승하여, 종국에 가서는 무려 2,600만 원까지 오른다.

실체도 없는 가상 화폐의 값어치가 그렇게 단시간에 오른 것은 기적 같은 일이다.

'그리고 그 기적에는 장난치는 놈이 있지.'

바로 여기에 사람들이 잘 모르는 비밀이 하나 있다.

비트코인이 단시간 내에 그렇게 미친 듯이 오르도록 조작한 놈이 있다는 것.

방법은 간단하다.

비트코인을 무조건 호가를 부르면서 사는 것이다.

그런데 여기서 함정은, 그 비트코인을 파는 놈이 자기 자신이나 패거리라는 거다.

그러면 비트코인의 가격은 무조건 오르는 형태가 되고, 자연스럽게 사람들은 팔지 않게 된다.

그들이 그걸 꽉 쥐고 있으니 시장에 나오는 비트코인의 비율은 극도로 낮아진다.

쉽게 말해서 자기들끼리 자기 물건을 주고받으면서 가격을 올리는 거다.

비트코인이 더 빠르게 오를수록 판매는 더더욱 안 된다.

그렇게 어느 정도 성장하면 그때 털고 나가는 것.

그게 바로 비트코인의 급성장의 비밀이었다.

물론 이건 불법이다.

하지만 이런 방식은 흔하게 사용된다.

일단 주식시장에서는 불법이지만, 비트코인은 관련 법이 없다.

토지 같은 경우는 그렇게 거래하는 경우 세금이 워낙 강하게 붙기 때문에 못 하지만, 지금까지 정부의 관리하에 들어간 적이 없는 비트코인은 그 방법이 먹혔다.

'그리고 그게 성공해서 중간에 해 처먹은 놈들이 어마어마하지.'

사실 원래 역사에서 이 시기에는 비트코인이 800만 원까지 올라가지 않았다.

하지만 지금은 800만 원이다.

이유는 간단하다.

'내가 뿌린 비트코인 때문이야.'

노형진은 홍안수의 땅을 빼앗기 위해 수작을 부릴 때 비트코인을 이용했다.

그 때문에 정치인들이 관심을 가지고 움직이기 시작했고, 그 결과 전보다 더 빠르게 가격이 올랐다.

'그리고 그 말은, 회귀 전의 광풍 역시 검은 머리 외국인들 짓거리라는 거지.'

여기에는 사람들이 모르는 비밀이 또 하나 있는데, 그 당시에 한국 내 비트코인의 가격이 해외에 비해 상당히 비쌌다는 거다.

해외에서 거래되는 비트코인 가격도 한국을 따라 올라가

기는 했지만, 그렇다고 해서 한국처럼 미친 듯이 분 단위로 가격이 올라가는 수준은 아니었다.

즉, 그 당시 한국에서 벌어진 비트코인 광풍에는 검은 머리 외국인들의 장난이 있었다는 것이다.

'그걸 내가 먼저 시작하는 거지.'

어차피 벌어질 일이고, 그 돈은 그들의 배를 채워 줄 더러운 돈이 될 것이다.

그리되게 두느니 차라리 노형진이 먼저 그 돈을 먹는 게 답이었다.

"지금부터 비트코인의 내부 거래를 시작하세요. 그리고 그쪽에서 작업 중인 업체를 확인해 보시고요."

"알겠습니다."

노형진의 말에 로버트는 고개를 끄덕거렸다.

⚖️

노형진의 말에 따라 시작된 작업은 급속도로 세를 불려 가기 시작했다.

그런데 그 작업에 놀란 사람은 또 있었다.

"뭐? 누군가 끼어들었어?"

"끼어들었다기보다는, 우리와 별도로 작업을 시작한 것 같습니다."

"아, 씨발. 아직 총알 확보 안 됐는데. 원래 계획까지는 시간이 좀 남았는데⋯⋯."

그랜드퍼시픽의 대표이사 장춘옥은 머리를 북북 긁었다.

원래 계획대로라면 올해 말쯤부터 작전을 시작해서 내년부터 제대로 다 털어먹어야 한다.

그런데 의외로 그들보다 먼저 작업을 시작한 놈이 나와 버린 것이다.

"어떻게 하죠, 대표님? 쩐주를 더 긁어모을까요?"

"당연하지. 지금 가진 걸로 작업해 봤자 몇 푼이나 모으겠어? 안 그래도 지금 비트코인 가격이 예상보다 비싼 상황인데."

원래 예상대로라면 지금 가격은 300만 원 정도 되었어야 한다. 그런데 어째서인지 비트코인 가격이 많이 올라서 벌써 800만 원이 되었다.

물론 지금 팔아도 손해 볼 건 없다.

하지만 그들은 푼돈을 먹으려고 여기까지 온 것이 아니었다.

"그 작업이 들어온 곳이 어딘지는 알아?"

"모르겠습니다. 우리 말고 이렇게 대규모로 비트코인을 가지고 있는 놈들이 있을 거라고는 생각도 못 해서⋯⋯."

비트코인의 생명은 보안성이다.

그래서 거래가 이루어졌다면 모를까, 그게 아니라면 누가 얼마나 가지고 있는지 아무도 모른다.

노형진은 비트코인을 채굴만 하고 거래한 적이 없기 때문에 당연히 그들은 존재를 모를 수밖에 없다.

더군다나 그들과 다르게 노형진은 비트코인 자체를 직접 수급했기 때문에 확보한 수량 또한 비교도 할 수 없고 말이다.

"쩐주들에게 연락해. 급한 건이 있으니 빨리 끼라고 말이야. 그리고 부족한 비트코인은……. 아, 씨발. 생돈 들여서 사는 방법밖에 없는 건가?"

"어쩔 수 없습니다. 원래 1년에 걸쳐서 가능한 많이 모으려고 했는데……."

"그래, 할 수 없지. 최대한 사 모아!"

장춘옥은 짜증스럽게 말했다.

하지만 방법이 없었다.

상황은 돌변했고 작업은 시작되었다.

이제 와서 손을 털면 쩐주들이 자신을 살려 둘 리가 없다.

"빨리 연락 돌려. 상황이 급하니까."

장춘옥의 말에 부하들은 다급하게 움직이기 시작했다.

장춘옥은 서서히 상승 곡선을 그리기 시작하는 화면을 보면서 눈을 살짝 찡그렸다.

"도대체 이놈은 누구야?"

⚖

비트코인 광풍 그 원인은?

비트코인의 매력은 무엇인가?

미래를 위한 투자인가, 투기인가? 비트코인

어느 순간 갑자기 비트코인 이야기가 많이 나오기 시작했다.

노형진은 병원에서 퇴원하면서 그 뉴스를 보고 피식 웃었다.

"예상대로군요."

"그래, 너무 예상대로야. 그래서 가슴이 아프군."

사람들은 비트코인이 갑자기 떴다고 생각한다.

하지만 인간의 심리는 그런 게 아니다.

어느 순간 눈 뜨고 '아, 본 적도 없는 비트코인에 투자하자.'라고 생각하지는 않는다.

누군가 그에게 알려 줘야 하는데, 문제는 비트코인이 정식 재화도, 은행에서 파는 것도 아니라는 거다.

"사람들은 이게 광고인 것도 모르더군요."

일반인이 갑자기 비트코인에 몰려드는 것.

그건 언론에서 갑자기 비트코인 특집을 만들어서 방송하기 시작하면서부터다.

사실 그 전까지 비트코인은 아는 사람들만 아는 물건이었고, 상승은 조금씩 할지언정 이렇게 미친 듯한 기류를 타지는 않았다.

"웃긴 거지요. 그 전까지는 제대로 된 홍보는커녕 판매 라인도 없던 물건이 비트코인인데요."

거래 사이트들이 없는 것은 아니었지만 딱히 홍보를 하거나 유명한 것도 아니었다.

그런데 갑자기 미친 듯이 거래량이 뛰면서 팔리기 시작한 이유. 그건 다름 아닌 방송을 통해 홍보 아닌 홍보가 이루어졌기 때문이다.

"말장난이지. 하아."

진실을 알고 있는 유민택은 씁쓸하게 말했다.

언론과 이런 산업에서 이 홍보라는 건 참으로 애매한 거다.

대표적인 예가 바로 패션 시장이다.

패션 시장을 이끄는 업체들이 갑자기 올해는 체크가 유행이라고 기사를 쓰기 시작한다. 그리고 실제로 그해에는 체크가 유행한다.

그러면 그게 진짜 유행일까?

아니다. 그건 불가능하다.

애초에 패션 업체에서 그해 신상은 이미 벌써부터 만들어두기 시작하기 때문이다.

예를 들면 가을 옷은 봄에 디자인해서 여름에 생산한 다음 가을에 한꺼번에 공급해서 파는 식이다.

그런데 갑자기 올가을에는 체크가 대세라고 떠들면 일정을 맞출 수가 있겠는가?

당연히 미리 그쪽과 이야기가 된 거다.

올해 패션으로 체크를 '밀자고'.

그리고 언론사들은 시기에 맞춰서 뉴스를 내는 것이다.

"이번 건도 마찬가지겠지."

지금 뜬금없이 비트코인이 방송에서 연일 이야기가 되는 것은 그게 진짜 광풍이어서가 아니라 홍보하기 때문이다.

이는 작업을 통해 한탕 하려는 놈들이 방송조차도 주무를 수 있는 위치에 있다는 걸 의미하기도 한다.

"비트코인은 어마어마하게 빠르게 성장하고 있습니다. 하루에 거의 100만 원 이상씩 성장하고 있네요."

"영원하지는 않을 걸세. 지금 상황은 누가 봐도 거품이야."

물론 비트코인이 미래에 어떤 화폐가 될지는 모른다.

하지만 문제는, 이 비트코인은 다른 것과 다르게 보장하는 곳이 없다는 거다.

화폐는 국가가 보장하고, 주식은 기업이 보장한다.

그런데 비트코인은 그런 곳이 없다.

"상관없지요. 제 말대로 최대한 비트코인을 구입해 두세요."

"알고 있네. 새론도 어마어마하게 비축하고 있다고 하지?"

"네. 아마 한국의 비트코인 중 상당수는 우리 세 곳이 가지고 있지 않을까요?"

심지어 노형진은 해외의 비트코인을 구입해서 한국으로

가지고 오고 있는 상황이다.

"어차피 이 작업은 오래 못 합니다."

"미친 짓인 것 같기는 한데…….'"

유민택은 혀를 끌끌 찼다.

그래프는 하늘 높은 줄 모르고 올라가고 방송에서 비트코인을 외쳐 대니 그 가격은 더더욱 높아지고 있었다.

"그리고 원래 약속, 잊지 마십시오."

"걱정하지 말게. 나도 양심이 있는 사람이야."

유민택은 고개를 끄덕거렸다.

"이 폭주는 얼마 가지 않을 겁니다. 폭주는 이제 시작이지만, 그걸 멈추는 건 우리가 될 것입니다, 후후후."

비트코인은 그 후에도 미친 듯이 사자를 외쳤다.

원래 작업자들의 생각보다도 더 빠르게 유명해졌고, 심지어 마이스터와 미다스가 비트코인을 한다는 소문은 그 가능성을 엄청나게 뻥튀기시켰다. 그 결과 비트코인을 안 하면 오히려 이상한 사람 취급을 받기 시작했다.

"일이 이쯤 되면 충분한 것 같지요?"

노형진은 송정한을 바라보며 말했다.

송정한은 기록을 보면서 침을 꿀꺽 삼켰다.

"이건…… 농담 같은 일이군."

그는 기껏해야 500만 원, 비싸 봐야 600만 원선에서 구입했다. 그런데 지금 비트코인 최고가는 무려 2,900만 원을 넘는다.

'원래 역사보다 높아. 역시 마이스터와 새론 그리고 대룡이 끼어든 게 이런 효과를 불러오는군.'

믿을 만한 곳 세 곳이 그걸 구입한다는 것은 비트코인의 미래가 밝다는 보장이나 마찬가지.

당연히 사람들은 너도나도 거기에 빠졌다.

사실 가격이 오른다는 건 사고자 하는 사람은 많은데 파는 사람은 없다는 거다.

더군다나 그 현상은 원래 역사보다 더 심해졌다.

끼어든 곳이 어마어마하게 많으니까.

당연히 그들이 장난치는 것 역시 더 걸리기 쉬워질 수밖에 없다.

"찾았습니다."

노형진을 찾아온 로버트는 피곤한 얼굴로 말했다.

"그랜드퍼시픽이라는 곳입니다."

"이름이 거참, 너무 전형적인 페이퍼 업체 이름 아닙니까?"

"크게 한탕 하고 손 털고 나가려고 하는 놈들이 뭐 이름에 신경 쓰겠습니까?"

"그렇지요. 그래서 그들이 지금까지 돈을 얼마나 투입한 겁니까?"

"지금까지 대략 4,200억 정도 투자했습니다."

"어마어마하군요."

"네. 그리고 그 돈의 대부분은 한국에서 나왔습니다."

소위 쩐주라고 하는 한국의 검은 머리 외국인들.

그들이 자금을 모아서 이번 건을 계획했다.

'아마 회귀 전에는 못해도 40조 이상은 해 먹었겠지.'

하지만 충분한 자금을 모으기 전에 노형진이 먼저 작업을 시작해 버려, 그들은 다급하게 비트코인을 모으기 위해 허덕거리면서 매달렸다.

"이제 슬슬 비트코인을 그들에게 넘기세요."

"네?"

"비트코인 말입니다. 그 그랜드퍼시픽? 그놈들에게 넘기세요."

"하지만 아직 더 오를 가능성이 있습니다만?"

"물론 그럴 수도 있지요. 하지만 저는 그렇게 둘 생각이 없습니다."

로버트는 노형진이 뭘 하려고 하는지 알아차렸다.

"그랜드퍼시픽에 뒤집어씌우실 생각이군요."

"맞습니다."

원래 역사에서 이 장난질을 한 놈들은 결국 잡히지 않는다.

애초에 잡힐 수가 없었다.

경찰도 검찰도 그들의 편이었으니까.

그리고 애석하게도 비트코인은 법에서 보호해 주는 물건이 아니었다.

"그러니 이참에 슬슬 넘깁시다. 이미 수익은 충분히 올리지 않았습니까?"

"현재까지……."

대충 계산한 로버트가 한숨을 푹 쉬었다.

"축하드립니다. 순이익이 32조쯤 되는군요."

"미국을 털어먹었을 때보다는 작네요."

"그렇기는 하지만 그래도 이번에는 들어간 돈이 그것보다는 적으니까요."

"그건 그렇지요."

노형진은 빙긋 웃었다.

"이제 손을 털고, 대한민국을 쥐고 흔들어 봅시다."

⚖

이후 새론과 대룡 그리고 노형진은 비트코인을 야금야금 작업했다.

그리고 어느 순간 그 모든 코인이 다 팔려 나갔을 때, 노형진은 준비해 뒀던 기사를 미국의 모 언론사를 통해 퍼트렸다.

한국의 비트코인 광풍. 투기 세력의 작전
한국의 비트코인, 누군가의 작품인가?
그랜드퍼시픽? 전형적인 페이퍼 컴퍼니
투입 자금만 2조. 그들은 무엇을 노렸나?

갑자기 터진 그랜드퍼시픽에 관한 뉴스.
당연히 그런 걸 모르고 있던 사람들은 날벼락을 맞은 것이
나 다름없었다.
"이게 뭔 소리야? 그랜드퍼시픽? 작업?"
"아니, 5천만 원 찍을 거라면서! 찍을 거라면서!"
"말도 안 되는 소리 하지 마! 내 전 재산을 여기에 꼬라박
았다고!"
사람들은 비명을 질렀다.
하지만 한국 뉴스도 아니고 미국 뉴스다.
더군다나 관련된 증거까지 완벽하게 준비되어 있었다.
"이건 꿈이야!"
사람들이 비명을 지르는 그때, 치명타가 터졌다.

대통령, 비트코인에서 철수 결정
마이스터, "보증 시스템이 없는 비트코인, 미래의 화폐로는 부적격"

"비트코인은 허상이다." 미다스의 공식적 발표

지금까지 그걸 이끌어 온 시스템들이 갑자기 나가떨어져
버리자 비트코인은 말 그대로 미친 듯이 추락하기 시작했다.

－한강 수온 따듯하냐, 씨발?
－거 딱 죽기 좋은 날씨네.
－나 결혼 비용까지 모조리 빼서 꼬라박았는데 어쩌냐?
－저는 회사 자금 횡령해서 박았어요. 망한 듯.

한때 3천만 원까지 올라갔던 비트코인은 말 그대로 끝없
이 추락했고 사람들의 입에서는 곡소리가 났다.
"젠장, 뭐야!"
그리고 이 모든 사건의 주범으로 찍혀 버린 그랜드퍼시픽
은 난리가 났다.
"야! 모두 태워!"
애초에 그랜드퍼시픽은 홍콩에 있었기에 한국은 조사할
권한이 없었다.
당연하게도 뉴스가 터지자마자 그들은 다급하게 모든 서
류를 파기했다.
"큰일 났습니다, 사장님! 쩐주들에게서 항의가……!"
"젠장, 좆돼 버렸다."

사장인 장춘옥은 얼굴이 새파란 색으로 변했다.

쩐주들은 딱히 착한 사람은 아니다.

애초에 착한 사람이라면 이런 작업에 돈을 내놓지도 않는다.

그들은 사람들을 등쳐 먹기 위해 기꺼이 돈을 내놨다.

문제는 시기였다.

충분한 돈과 비트코인을 확보하지 못한 상황에서 작업이 이루어졌고, 그래서 비트코인을 확보하다가 그대로 날려 먹었다.

물론 구입한 비트코인이 사라진 것은 아니다.

하지만 미국의 뉴스에 그들의 이름이 나간 것이 문제였다.

이런 작업에서 가장 중요한 것은 정체를 끝까지 감추는 거다.

그런데 걸렸고, 그런 경우 작업은 실패다.

"비트코인 가격이 미친 듯이 떨어지고 있습니다."

3천만 원이었던 비트코인은 이제 1천만 원도 안 된다.

그들이 집어넣었던 돈을 모조리 다 털리게 생겼다.

"다 털어! 한 푼이라도 건져야 해!"

"쩐주들에게서 미친 듯이 전화가 오고 있습니다!"

"무시해! 무조건 무시해! 우리는 턴 돈 가지고 튄다!"

"네?"

모두의 시선이 장춘옥에게 쏠렸다.

"당연히 튀어야지! 여기에 계속 있으면 살 수 있을 것 같아?"

"그건…….."

"씨발! 뒈지고 싶으면 남아! 난 털고 나갈 거야!"

그는 바로 서랍에서 계좌를 꺼냈다.

"바…… 바로 털겠습니다!"

당연히 그걸 털기 위해서는 정상가보다 낮은 가격에 팔 수밖에 없었고, 그러자 가격이 더 떨어지고 그 후에 또다시 가격이 낮아지는 악순환이 반복되었다.

결국 비트코인이 200만 원까지 떨어지고 나서야 그들은 판매를 멈췄다.

"바로 가자. 여권 미리 다 확인했지?"

"네."

"씨발. 좆돼 부렸네, 이거."

장춘옥은 부하들을 이끌고 황급히 사무실을 나섰다.

그랬기에 누군가 자신들을 보고 있다는 걸 결코 알지 못했다.

이게 반격이다

인터넷에서는 괴상한 소문이 돌기 시작했다.

그랜드퍼시픽이 모든 자료를 삭제하고 튀고 전 국민이 그들을 찾기 위해 눈이 돌아갔을 때 정부에서 한 말은, 찾을 수 없다는 것이었다.

애초에 그랜드퍼시픽은 홍콩의 기업이고 대형 기업도 아니었다.

더군다나 그들이 도망가기 전 모든 자료를 삭제하는 바람에 건질 것이 없었다는 게 공식적인 대한민국의 입장이었다.

"공식이고 나발이고, 이미 피해를 입은 사람들에게는 아무 소리도 들리지 않는 법이지요."

더군다나 그동안의 사건으로 검찰은 국민들에게 완벽하게

신뢰를 잃어버렸다.

"그 상황에서 이게 퍼지면 어떻게 될까요?"

노형진은 종이 한 장을 팔랑거렸다.

그건 다름 아닌 그랜드퍼시픽의 임원 목록, 그러니까 쩐주들의 명단이었다.

"그랜드퍼시픽은 누구도 그 정체를 모릅니다. 이제는 알 수도 없죠."

이미 자료는 파기되었고 범인은 도주했다.

한국 검찰이 뒤쫓을 일도 없다.

"반대로 말하면, 이 명단도 검증될 가능성은 낮다는 거죠."

노형진의 말에 송정한은 명단을 받아서 쭈욱 읽어 봤다.

"이거…… 진짜인가?"

"일정 부분은 진짜이고 일정 부분은 가짜입니다."

"그게 무슨 소리인가? 진짜 명단은 확인할 수가 없다면서?"

"맞습니다. 하지만 추정은 가능하지요."

노형진이 기억이라도 읽으면 좋겠지만 그건 불가능하다.

하지만 추정은 가능한 게, 이번에 들어간 자금은 한두 푼이 아니다.

"그래서 갑자기 자산의 유동이 심한, 좀 알려진 쩐주들을 추적했지요."

"아하!"

작게는 수십억, 크게는 수백억의 자신이 변동되었으니 노형진의 레이더에 걸릴 수밖에 없다.

어찌 되었건 이 문제는 외부에 실질적으로 드러낼 수가 없는 일이다.

아무리 쩐주라지만 자기 목숨은 아깝다.

만일 자기가 쩐주고 그래서 일반인의 돈을 날리게 했다면, 누군가는 그들을 죽이려고 할 수도 있기 때문이다.

어차피 이판사판이니까.

"그러니 그 돈이 어쩌다 날아갔는지 말할 수가 없지요."

"그런 사람들만 추적한 거군."

"그 정도 돈을 융통할 수 있는 사람은 많지 않으니까요."

그리고 노형진은 그 안에 현 정권의 권력자들, 친일파의 이름을 집어넣었다.

"당연히 홍안수의 이름도 들어가 있고요."

"이걸 가지고 탄핵은 힘들 텐데?"

"이걸로 탄핵이 가능할 거라고는 저도 생각하지 않습니다."

탄핵은 아주 심각한 법률적 과정이다.

당연히 탄핵하기 위한 법률적 증거는 아주 명확해야 하며, 의심이나 소문만으로는 어떠한 경우에도 탄핵을 끌어낼 수가 없다.

당장 회귀 전의 대통령도 모든 사건의 재판이 끝나지 않은 상태였기 때문에 범죄로 인한 탄핵이 아니라 대통령으로서 헌법 수호 의지가 전혀 없다는 부분을 가지고 탄핵한 것이다.

"하지만 정권의 사회적인 몰락을 가지고 올 수는 있겠지요."

이번 피해는 사기와는 비교가 안 될 상황이다.

그나마 돈을 벌 수 있는 기회라 생각한 많은 사람들이 전 재산을 투자한 경우가 상당히 많았고, 그래서 그들은 현실적으로 그 돈을 채울 수 있는 방법이 없었다.

특히나 기업 차원에서 투자한 경우 당장 기업이 넘어갈 판국인 곳도 있었다.

"사회적으로 완벽하게 고립될 겁니다."

그건 레임덕과는 전혀 상황이 다르다.

레임덕은 사람들이 다음 정권에 줄을 대는 것이지만 이건 현 정권을 부정하는 것이니까.

"그러니 홍안수는 아마 미치고 팔짝 뛸 기분일 겁니다, 후후후."

"아니, 도대체 어떻게 안 거야?"

소가 뒷걸음질하다가 쥐를 잡는다고 했다.

노형진은 홍안수에게 엿을 먹이기 위해 그를 명단에 넣은 것뿐이지만, 실제로도 홍안수는 그 많은 검은 머리 외국인 중 한 명이었다.

"각하, 분위기가 심상치 않습니다. 각하에 대한 탄핵 이야기가 나오고 있습니다."

"말도 안 되는 소리 하지 말라고 그래. 이걸 가지고 어떻게 나를 탄핵할 건데?"

그는 바보가 아니다.

이런 인터넷상에 돌고 있는 증거는 법원에서 아무런 효과도 발휘할 수 없다.

설사 있다고 해도, 그가 몇 마디만 하면 그 효과를 없애는 것은 어려운 일이 아니다.

"하지만 각하, 이 상황에서 가장 문제가 되는 건 이 문제로 인한 피해입니다."

피해를 입은 사람들은 어떻게 해서든 증거를 찾으려고 노력했다.

그리고 실제로 몇몇은 증거로 의심되는 부분, 즉 갑작스러운 자산의 감소를 확인했고, 그건 사람들의 심증을 굳혔다.

물론 바로 그게 노형진이 노린 거였지만.

"검찰에 정식으로 고발이 들어왔습니다."

"어차피 검찰이 조사해 봐야 문제 될 거 없잖아?"

불법도 아니었고, 설사 검찰이 조사한다고 해도 그들은 이미 홍안수의 손아귀에서 놀아나고 있다.

정확히는 자유신민당의 손아귀에 있다고 표현하는 게 맞을 것이다.

당장 자유신민당 내부에도 이번 작업에 참여한 사람들은 많다. 다만 드러나지 않을 뿐.

"애초에 이게 맞는 것도 아니고."

홍안수가 아는 사람들 중에 빠진 사람도 있었고, 전혀 관련도 없는데 이름이 올라가 있는 자도 있었다.

"그게 중요한 게 아닙니다, 각하! 국민들의 지지율이 너무 많이 떨어졌습니다! 무려 10%대입니다! 아무리 레임덕이라지만 너무 위험합니다!"

"끄응……."

홍안수는 이를 빠드득 갈았다.

"그러게 그때 제대로 처리했어야지."

"죄송합니다. 하지만 저희도 슈퍼카를 노려 본 건 처음인지라……."

사전에 컴퓨터로 시뮬레이션이라도 해 봤으면 모를까, 애초에 그런 시뮬레이터는 없었다.

경찰에는 있지만 '나 암살하게 그것 좀 쓰겠습니다.'라고 할 수는 없는 노릇이었다.

"젠장, 검찰에 이야기해서 사건 덮으라고 해. 이거 전혀 상관없는 헛소문이라고."

"알겠습니다."

홍안수는 이때까지만 해도 노형진이 자신을 노리고 이런 행동을 한 거라 생각했다.

그러나 노형진의 궁극적인 목표는 홍안수 자체가 아니라 그를 지지하던 세력이었다.

⚖

"뭐라고?"

민주수호당의 회의에서 송정한은 엄청난 폭탄을 던졌다.

"새론에서는 이번 사태에 손실을 입은 국민들에게 어느 정도의 손해를 보전해 줄까 생각 중이라고 합니다."

"그게 무슨 말인가?"

"새론은 이번에 적지 않은 돈을 벌었습니다."

아무리 감추려고 한다고 해도 새론과 마이스터 그리고 대룡이 비트코인으로 막대한 돈을 번 것은 부정할 수 없다.

물론 그걸 파고드는 언론이 없어서 국민들에게 알려지지는 않았지만 말이다.

노형진에게 제대로 털린 언론은 이제는 노형진과 새론 그리고 대룡이라고 하면 일단 몸을 잔뜩 움츠리고 눈치부터 보았다.

하지만 그쪽 업계에서 일하는 사람들이라면 대충은 알고

있었다.

"얼마나 벌었습니까?"

"대략 2조 정도 벌었습니다."

"쿨럭."

무심결에 물을 마시려고 하던 국회의원 한 명이 순간 사레가 들려서 콜록거리기 시작했다.

"2조요?"

"네. 많이 벌었지요."

"대룡은요?"

"대룡도 한 3조 정도 벌었다고 하더군요."

"미친……."

얼굴이 핼쑥해지는 사람들.

이게 새어 나가면 아마 그들은 가루가 되도록 까일 것이다.

"미다스는 40조 이상 벌었다고 합니다."

다들 입을 쩍 벌렸다.

한국 예산이 1년에 400조 정도 된다. 혼자서 그 10분의 1을 번 것이다.

"그런데 그걸 왜 여기서 공개하는 겁니까?"

당 대표는 이상하다는 듯 물었다.

분명 많은 돈을 번 것은 사실이고 그게 부러운 일이기는 하다. 하지만 그걸 굳이 여기에서 공개할 이유는 없다.

이 이야기가 새어 나가서 좋을 일은 없을 테니까.

더군다나 얼마 전에 홍안수가 새론과 대룡을 공격했다.

그런 상황에서 이런 이야기가 새어 나가면 분명 여론에서 역시 홍안수가 선견지명이 있었다, 그놈들은 국민들을 뜯어먹는 놈들이라는 이야기가 나올 게 분명하다.

"일단 이 돈에는 문제가 있습니다. 이 정도의 돈이 벌릴 거라는 걸 예상하지 못했다는 거죠."

미다스의 조언에 따라 비트코인에 투자한 것은 사실이지만 이런 사기에 휘말릴 줄은 몰랐다.

그래서 내부에서도 너무 많이 놀란 상태라는 게 공식적인 새론과 대룡의 입장이었다.

"그래서 말입니다, 그걸 환원할까 생각 중이라고 합니다."

"환원?"

"그렇습니다."

송정한은 고개를 끄덕거렸다.

"새론이 번 돈 중에서 1조 5천억, 대룡에서 번 돈에서도 대략 2조 5천억, 그리고 마지막으로 미다스가 번 돈 40조 중에서 30조를 한국에 환원할 생각이라고 합니다."

"……!"

"……!"

모두의 눈이 크게 뜨였다.

이건 생각도 못 한 발언이었다.

"그걸 기부하겠다는 말입니까?"

"그건 멍청한 짓이지요. 다들 아시지 않습니까, 기부하는 순간 이 돈이 어디로 들어갈지?"

물론 제대로 집행되는 돈도 있을지 모른다. 하지만 적지 않은 돈이 정치인들의 주머니로 들어갈 것이다.

물론 그 정치인들 중에는 홍안수도 있고 자유신민당 의원도 있다.

"그래서 말인데……."

노형진의 최종 목적이 드디어 세상에 나오는 순간이었다.

"저는 우리 당을 통해 그걸 쓰게 하는 게 어떨까 하고 생각합니다."

"뭐?"

"우리 당을 통해서?"

"그렇습니다. 정확하게는 접수처를 우리 민주수호당으로 하는 게 어떨까 합니다."

"접수처를?"

송정한의 말에 모두들 침을 꿀꺽 삼켰다.

이거 생각지도 못한 호재다.

"그게 가능한가?"

"다들 아실 겁니다. 요즘은 다른 곳에 돈을 주려고 하는 기업인은 별로 없습니다."

노형진이 만든 시스템 때문이다.

원래 기부금 사용 내역을 공개하지 않던 자선단체들은 그로 인해 치명적인 타격을 입었다.

"물론 우리 입장에서도 절대적으로 좋은 건 아닙니다. 창구가 우리일 뿐이지, 우리가 그 돈을 어떻게 할 수 있는 건 아니니까요."

"애초에 미다스가 그렇게 해 줄 리가 없지."

"맞습니다. 그리고 그 자금의 사용처는 이미 결정되어 있습니다."

"어떤 부분인가?"

"일단은 세 가지입니다."

첫 번째는 대학 학자금 대출이다.

한국은 대학의 학자금이 너무 비싸다. 오죽하면 대학이 우골탑을 넘어서 인골탑이라는 소리까지 생겼겠는가?

원래는 상아탑이라 하여 지식을 배우는 공간이라 표현했으나 나중에는 소 팔아서 대학에 간다 하여 우골탑. 그리고 이제는 부모의 등골을 빼서 간다 해서 인골탑이라고 불린다.

사실 그마저도 이제는 의미가 없다.

과거에는 부모만 벌어도 자식이 대학을 다닐 수 있었지만 이제는 대학생 본인도 아르바이트를 해 가면서 돈을 벌어야 생활이 가능할 정도다.

"대출금리는 1% 내외로, 최저 금리로 하는 겁니다."

그렇게 되면 대학생들은 너도나도 대출받기 위해 몰려들

것이다.

"단, 조건이 있지요. 주소지가 해당 지역에 있을 것. 지역 주민을 위한 지원이니까요."

"지역 주민을 위한……. 그렇군. 자네가 말하는 게 뭔지 알겠어."

만일 그렇게 되면 학생들은 당연히 전입신고를 하게 된다.

사실 많은 학생들이 전입신고를 하지 않는다. 귀찮기 때문이다.

하지만 학생들이 전입신고를 하는 것은 본인들에게도 유리하다.

대표적인 예가 바로 기숙사다.

대학교에서 기숙사를 지으려고 할 때마다 그 지역 주민들은 임대 수익이 낮아진다면서 온갖 방해를 다 해 왔다.

대학에서는 학생들을 위해 어떻게 해서든 기숙사를 지으려고 하지만 시청에서는 민원을 이유로 허가를 내주지 않았다.

지방자치단체장 입장에서는 자신에게 표를 줘야 하는 지역 주민의 눈치를 볼 수밖에 없었던 것이다.

그러자 대학에서는 학생들을 설득해서 전입신고를 시키고 그 지역에서 표를 집행하도록 만들었다.

당연하게도 전입신고를 한 그 순간부터 그들은 그 지역의 주민이 되어서 투표할 수 있었고, 기숙사의 건립을 방해하던 사람들은 아차 싶었지만 이미 숫자가 늘어난 학생들 때문에 권력에서 멀어지고 말았다.

"대학이 있는 곳은 우리가 다 먹는다는 거군."

"다는 아니겠지만요."

송정한은 피식 웃었다.

"최소한 우리에게 우호적인 사람들이 오게 할 수는 있지요."

자신들을 통해 대출받은 학생들이 과연 자유신민당에 표를 줄까?

물론 자유신민당 지지자라고 해서 학자금을 빌려주지 않는 것은 아니다.

"하지만 노형진 변호사가 그러더군요, '우리가 자금을 빌려주는 것은 미래의 인재를 위해서이지 미래의 범죄자를 키우고자 함은 아니다.'라고."

"그게 무슨 의미인가?"

"어떤 사상을 가지든 문제없다, 하지만 부당한 행동에 대한 책임은 져야 한다, 대학생은 성인이니까."

만일 특정 정당 지지자에게만 돈을 빌려준다면 그건 문제가 된다.

창구가 민주수호당일 뿐, 자유신민당 지지자라고 해도 돈은 빌려준다.

애초에 심사하는 건 민주수호당이 아니라 자신들이니까.

"그러면?"

"말 그대로 범죄 성향이 있는 자들은 걸러내는 게 목적입니다. 현재 대학 대출의 가장 큰 문제는 바로 인성과 관련이 없는 대출 시스템이지요."

대학은 미래의 인재를 키워 내는 곳이다.

하지만 대학 대출의 심사에서 그러한 부분은 완전히 배제된다.

특정 성별을 혐오하는 놈들이나 범죄를 추구하는 놈들, 심지어 학교에 다닐 때 일진이라고 다른 학생들에게 범죄를 가해 처벌을 받은 놈이라고 해도 아무 문제 없이 학자금 대출을 받고 대학에서 똑같이 시작한다.

"마이스터 쪽에서는 SNS나 범죄 기록 등을 확인해서, 인성에 문제가 있는 사람에게는 등록금을 지원해 주지 않을 예정입니다. 물론 생활비도 마찬가지입니다."

"그 대출금에 생활비도 포함된 건가?"

"그렇습니다."

"차이가 어마어마하겠군."

생활비가 확보된 대학생은 아르바이트를 할 필요가 없고, 아르바이트를 할 시간에 공부를 하면 학업 성취도는 높아질 수밖에 없다.

현재 모든 대학에서 발생하는 빈익빈 부익부 현상에서 벗어나는 것이다.

"나머지 다른 하나는 지역 공단의 설립입니다."

"지역 공단 설립?"

"어차피 빈 땅은 많으니까요."

그런 곳을 싼값에 구입해서 최저리로 공장을 받아들이는 것이다.

지역 발전을 위해서는 당연히 회사가 생겨야 하는데 현실은 그러기 쉽지 않다.

정부에서 이런저런 지원을 해 준다고 하지만, 여기에도 함정이 있다.

정부에서 고의적으로 만드는 공단의 경우는 대부분 이미 그걸 만드는 데 들어간 기업의 수익이 붙어 있기 때문에 가격이 너무 비싸다.

물론 인프라가 좋다는 점은 있지만.

"그리고 그 접수는 우리가 받고?"

"그렇습니다."

마지막은 다름 아닌 제대 지원금 지급이었다.

물론 공짜로 주는 것은 아니다.

하지만 제대군인에게는 대학생과 같은 비율로 최대 200만 원을 빌려준다. 그걸로 복학 준비를 하라는 것이다.

"우리에게 유리한 게 많군."

"제가 설득을 많이 했습니다."

설득 정도로 얻은 혜택치고는 어마어마하다.

당연하게도 이런 조건을 민주수호당이 받아들이지 않을 이유가 없었다.

"당연히 해야지."

"잘 선택하셨습니다."

송정한은 자신 있는 미소를 떠올렸다.

며칠 전 노형진은 송정한에게 계획을 이야기했고, 그 계획을 다 들은 후 송정한은 고개를 갸웃했다.

"왜 하필 우리 당인가?"

"싫으십니까?"

"싫다기보다는, 자네는 정치인을 믿지 않지 않나?"

사실 아무리 접수만 받을 뿐이라고 해도 그 안에 어떤 이권이 들어갈지 모른다.

일단 공식적으로는 자유신민당 지지자라고 해도 차별하지 않겠다고 하지만, 아무래도 거부감이 들 수밖에 없다.

사실 그 정도 돈을 가지고 뭔가를 하려고 한다면 사람을 뽑아도 되는 일이고, 어디와 손잡으려고 하든 그쪽에서 오히려 안달을 낼 상황이다.

그런데 굳이 사이가 좋지 않은 정치인들과 손잡으려는 것을, 송정한은 이해할 수가 없었다.

"이유야 많지만 가장 큰 이유는 정치인들에게 족쇄를 채우기 위해서입니다."

"이게 족쇄가 되리라고 생각하나?"

"사람들이 족쇄인 걸 알면 그건 족쇄가 될 수 없지요."

노형진은 피식 웃으며 말했다.

"사람들은 자본주의를 찬양하지요. 하지만 일부에서는 그게 족쇄라고 생각합니다. 틀린 말은 아니지요."

말로는 자유를 이야기하지만 현실적으로 자본주의는 국민들이 움직이지 못하는 가장 큰 이유이기도 하다.

돈이 있어야 뭐든 할 수 있으니까.

"이해를 못 하겠는데."

"관성이란 무서운 거죠. 음…… 군인들의 나라사랑카드를 기준으로 이야기할까요?"

"나라사랑카드?"

"네. 지금은 군인들에게 나라사랑카드라고 카드를 만들어서 월급을 줍니다. 전처럼 현금으로 주지는 않지요."

그런데 이게 무서운 점은, 사람들이 그 효과를 전혀 예측하지 못했다는 거다.

나라사랑카드는 독점 카드다. 즉, 정부에서 계약한 은행에서만 만들 수 있다.

지금은 두 개의 은행과 거래하지만, 처음에 나라사랑카드를 도입했을 때 대부분의 은행들은 관심을 보이지 않았다.

"그때 계약을 원한 은행은 한 곳뿐이었지요."

군인들의 월급이 많은 것도 아니고, 그 수수료까지 생각하면 그다지 수익이 나지 않기 때문에 대부분의 은행들이 관심이 없었다.

그러나 그게 실수였다.

효과가 나타난 것은 군인들이 제대한 이후였다.

제대한 후에도 상당수의 남자들이 그 카드를 그냥 자기 주거래 카드로 쓰기 시작했던 것이다.

군인의 월급은 적지만 직장인의 월급은 많다.

그리고 그게 들어오기 시작하자 거래양이 폭증했다.

"그때서야 은행들은 아차 싶었지요. 당장만 보고 미래를 안 본 겁니다."

대한민국의 남자들은 모두 군대를 갈 수밖에 없다.

심지어 공익조차도 나라사랑카드를 쓴다. 즉, 대한민국 남자의 99.9% 이상이 그 카드를 받는다.

그중에서 10%만 남아도 어마어마한 수익인데, 그 이상이 잔존해서 카드와 계좌를 계속 사용한다.

"그래서 나중에야 다른 은행들이 난리가 났죠."

결국 지금은 매년 입찰을 통해 하는 걸로 바뀌었지만, 만일 고정으로 갔다면 대한민국의 은행 서열이 바뀔 정도로 큰일이었다.

"그리고 저는 민주수호당과 독점으로 거래한다고 한 적 없습니다."

"으음."

노형진의 말에 송정한이 꿈틀했다.

대충 상황이 파악되었기 때문이다.

"자네가 가진 표의 파급력이…… 미친 듯이 강해지겠군."

"정치인들이 지역 토호들에게 설설 기는 이유는 간단합니다. 그들은 표가 몰리게 할 수 있거든요."

그런데 노형진이 가지게 되는 능력은 어떨까?

현실적으로 대학이 있는 지역에서는 절대적인 능력을 가지게 될 것이다.

지금은 민주수호당에 표를 몰아주는 형태가 되지만, 수틀리면 사무실만 자유신민당으로 옮기면 그만이다.

애초에 접수만 받는 수준이고 그걸 옮기는 건 그다지 어려운 일도 아니니까.

"정치 잘못하면, 빼면 되는 겁니다."

"허."

그 부분은 생각 못 한 건지 송정한은 탄성을 내질렀다.

"국회의원 의자를 돈 주고 사는 셈이군."

"틀린 말은 아니죠. 심사하는 건 우리니까요."

가령 민주수호당이 정권을 잡았는데 정치를 엿같이 하면 자유신민당으로 자리를 옮긴 후에 그곳에서 접수받으면 된다.

그리고 심사를 할 때 자유신민당 정치인이 선발된 곳에 약간의 플러스 점수만 준다고 해도 민주수호당은 일단 선거에서 어마어마한 마이너스를 받고 시작한다.

"선거법이라는 게 애매하거든요."

선거법상 선거 전에 의견을 내거나 지지를 하는 것은 불법이다.

하지만 이건 그저 협조의 차원일 뿐이다.

"양쪽 다 안 한다? 그러면 무소속도 있지요."

무소속은 선발이 절박하다. 과연 이걸 거절할까?

"시간이 지날수록 그리고 그 지역이 발달할수록, 결과적으로 우리가 가지게 되는 파괴력은 점점 강해질 겁니다. 특히 제대군인에 대한 혜택은 절대적일 겁니다."

학생이 많은 지역이 있고 학생이 없는 지역이 있기 때문에 결과적으로 그 표는 나눌 수도 있다.

하지만 제대군인이 없는 지역은 노령화가 많이 진행된 지역을 빼고는 없다.

즉, 제대군인에 대한 지원을 한다는 것 자체가 그 지역 남자들의 표를 쪽쪽 빨아먹는다는 걸 의미한다.

그런 정당이 과연 선거에서 질 수 있을까?

"진다면 그것도 이상한 거죠."

만일 진다면 그만큼 병신이라는 소리다.

"그리고 아실 겁니다, 국회의원이라고 해도 다 같은 국회의원이 아니라는 걸."

"알지."

서울시의 국회의원과 강원도 산골의 국회의원은 그 체급
이 다르다.

물론 4선쯤 되는 다선 의원이라면 그 산골이라도 무시하
지 못하겠지만 현실적으로 그런 사람은 많지 않고, 서울시
의원의 파괴력은 강원도 의원과 비교도 안 된다.

"젊은 사람이 많은 곳일수록 우리가 가지는 파괴력은 점점
더 강해질 겁니다."

사실상 대한민국 선거판을 자신들이 쥐고 흔드는 셈이다.

"이건…… 진짜 생각도 못 했는데?"

보통 선거를 지배하기 위해서는 정치인을 지배하려고 한
다.

대기업 역시 정치인들과 선을 만들어서 혜택을 보려고 한
다.

"하지만 한 지역을 자신들의 정치 세력화하는 건 전혀 다
른 문제죠."

물론 기업이라면 이 짓거리를 못 한다.

하지만 노형진이 만든 단체는 사회단체이지 기업이 아니
다.

뭘 하든 누구에게 지원해 주든, 그건 단체의 마음이다.

"아마도 그들 입장에서는 미치고 팔짝 뛸 일일 겁니다, 후

후후."

노형진은 눈을 반짝거렸다.

⚖️

"이게 무슨⋯⋯."

홍안수는 당혹감을 감출 수가 없었다.

비트코인이 갑자기 날아가 버려서 오래 준비한 공작이 사라진 것도 어이가 없어 죽겠는데, 대룡과 새론 그리고 마이스터에서 한 발표는 대한민국을 발칵 뒤집기에 충분했다.

—대한민국 국민을 위해 이번 수익을 사회에 환원하겠습니다. 이번 사태로 인해 저희가 많은 돈을 벌었으나 이것은 정상적인 투자의 결과가 아니라 투기 세력의 작업임이 드러났습니다. 즉, 이 돈은 대한민국 국민들의 피와 눈물로 만들어 낸 결과인 것입니다. 이에 저희 새론에서는 대룡, 마이스터와 더불어 이 돈을 대한민국에 환원할 방법을 찾아 왔습니다.

노형진의 발표. 그 발표로 인해 인터넷의 여론은 홍안수에게 극단적으로 적대적으로 돌아섰다.

—수십조 단위 돈을 포기한다고? 저거 천사야, 아니면 병신이야?

─미친! 이런 기업을 날리려고 했어?

─잠깐, 대룡이 해외로 나가면 저것도 없어지는 거 아냐?

─씨발. 좋은 기업일수록 지켜 줘야지 그걸 쫓아내냐?

─홍안수 이 새끼, 쪽발이 프락치 맞네. 아니면 이게 말이나 됨? 이렇게 국민을 생각하는 기업을 어떻게 해서든 망하게 하려고 하다니!

─저거 다 조작이다. 저 새끼들이 쇼하는 거야.

─위의 미친놈아, 조 단위로 구라를 치면 그 반작용이 얼마나 클지 생각도 못 하냐?

─저거 포퓰리즘이다!

─빨갱이들이 나라를 접수하려고 한다!

─아주 그냥 알바 총출동이네. 수십조를 퍼 주면서 빨갱이 짓을 한다고? 북한이 무슨 미래에서 온 제국이여? 지난번에는 레이저로 전투기 추락시켰다고 하더니?

─노트북 하나로 은행 인터넷 전산망을 무력화했지, 크크.

인터넷의 여론을 보면서 홍안수는 부들부들 떨었다.

"지지율이…… 9%입니다, 각하."

그래도 10%대는 지키고 있던 홍안수는 결국 한 자리대의 지지율을 달성하고 말았다.

국민들의 불만은 극에 달했고, 그의 과거에 대한 조사 요구는 점점 더 심해지고 있었다.

"그렇다고 해서 우리가 뭘 어떻게 할 수 있는 것도 아니잖아?"

"각하?"

국정원장의 눈썹이 파르르 떨렸다.

"어차피 시간이 지나면 국민들은 다 잊어버려. 안 그런가?"

"하지만 각하, 이건 심각한 문제입니다."

"그다지 심각하지 않아. 어차피 나야 곧 나갈 사람이고."

국정원장은 대충 그의 심정을 알아차렸다.

"자네는 어느 쪽에 설 건가, 국정원장?"

지금 홍안수는 자유신민당을 버리기로 결정한 것이다.

현실적으로 다음 선거가 중요한 건 홍안수가 아니라 자유신민당이다.

그러나 지금 자유신민당은 홍안수와 손잡은 처지라 다급할 수밖에 없다.

하지만 홍안수는?

어차피 단임제다. 소속 당이 선거에서 지거나 하는 것 따위, 전혀 문제 될 것이 없다.

"……."

그리고 지금 그는 국정원장에게 선택을 강요하고 있다.

홍안수냐 아니면 자유신민당이냐.

그리고 답은 사실상 나와 있었다.

"저는 언제나 각하의 사람입니다."

국정원장은 정치를 하는 것이 거의 불가능하다.

하고 싶다고 해도 다른 의원들이 그냥 두지 않는다. 국정원이라는 특성상 다른 의원들의 비밀을 쥐고 있을 가능성이 너무 높기 때문이다.

그 말은, 홍안수가 물러나면 그 또한 물러나서 야인으로 살아야 한다는 거다.

그리고 한번 권력을 맛본 자는 결코 놓지 못한다.

"그러면 만일의 사태에 대비하세."

"알겠습니다, 각하."

국정원장은 고개를 숙이며 말했다.

⚖

"아주 그냥 잘근잘근 씹혀서 가루가 되겠네."

노형진은 잔뜩 쌓여 있는 인터넷 자료를 보면서 피식 웃었다.

노형진은 상대방의 여론전에 대해 알고 있었다.

그걸 알기에 자신이 전면에서 얼굴을 까고 방송했다.

그러자 미친 듯이 공격이 들어왔다.

"진짜 다급하긴 한 모양이네."

김성식은 잔뜩 쌓여 있는 증거들을 보면서 혀를 내둘렀다.

상식적으로 합법적으로 번 돈을 자기가 다 먹지 않고 국민들을 위해 돌려준다는 것은 칭찬받아야 마땅한 일이다.

그러나 다급한 자유신민당과 홍안수는 댓글 알바를 풀로 돌리기 시작했다.

그 결과 인터넷의 거의 3분의 1이 대룡과 마이스터, 그리고 새론과 노형진에 대한 욕으로 채워졌다.

"그리고 그에 넘어가는 사람이 있다는 게 더 웃기고."

김성식은 고개를 절레절레 흔들었다.

"포퓰리즘이 뭔지도 모르는 거죠."

댓글에서는 그들을 포퓰리즘이라고 공격한다.

그런데 포퓰리즘은 표를 노리고 하는 일종의 무차별적인 예산 증액 같은 걸 말한다.

하지만 노형진과 새론은 이자까지 받는 정식 사업체다.

애초에 받을 표가 없기 때문에 포퓰리즘이 될 수가 없다.

"하지만 일단 다급한 거죠, 빨갱이라는 프레임을 뒤집어 씌워서 욕부터 해야 할 만큼."

"그런데 이걸 진짜로 고소할 건가?"

잔뜩 쌓여 있는 어마어마한 양의 고소장.

얼마나 양이 많은지, 박스로 몇십 박스가 넘는다.

그리고 여전히 많은 양의 고소장을 뽑아내고 있다.

현재 인터넷에서 집중적으로 글을 올리고 있는 놈들을 모조리 고소했기 때문이다.

"처벌 불가능한 거 알지?"

"압니다. 애초에 이놈들이 이걸로 잡힐 리도 없고요."

물론 일부는 잡힐 수도 있다.

진짜로 노형진이 싫어서 댓글을 쓴 놈도 있을 수 있다.

가능하다.

가능하기는 한데, 그 숫자는 많지 않을 것이다.

생업도 포기하고 하루에 쉰 개 이상의 댓글을 다는 사람이 과연 얼마나 될까?

"대부분 중국에 가 있을 테고요."

노형진은 어깨를 으쓱하며 말했다.

사실 노형진은 한번 이런 댓글 부대를 초토화한 적이 있다.

명의 도용을 통해 싹 털어 냈고, 그 당시에 한국 내에서 활동하던 댓글 부대는 막대한 손해배상을 하면서 도망 다녀야 했다.

명의를 도용당한 사람들이 그들에게 민사까지 하면서, 알바비라도 받을 생각에 댓글을 돌렸던 자들은 모두 전과자가 되어 막대한 돈을 물어내야 했다.

"그리고 그들은 대부분 중국으로 주소를 옮겼지요."

하지만 이미 댓글 부대를 통해 짭짤한 정치적 수익을 벌어들인 정치인들이다. 그들은 그걸 포기할 수가 없었기에 추적이 불가능한 곳을 고르려고 했다.

그곳은 다름 아닌 중국이었다.

"중국인 걸 알고 고소해 봐야 그쪽에서 어떤 자료도 주지 않을 걸세."

"압니다. 그걸 알고 하는 겁니다."

"알고 하는 거라고?"

"어차피 엿을 먹이려면 제대로 먹여야 하지 않겠습니까?"

노형진은 자신 있게 말했다.

"아마 이번 일이 그들에게는 심각한 타격이 될 겁니다, 후 후후."

노형진은 댓글을 고소했다.

그리고 예상은 빗나가지 않았다.

조사 결과 거의 대부분의 댓글이 중국에서 작성되었기 때문에 추적 불가라는 판정을 받았다.

보통은 여기서 상황이 끝났을 것이다. '보통은' 말이다.

하지만 노형진은 보통이 아니었다.

"그래서 자유신민당에서는 이번 댓글 조작 사건에 대해 전혀 아는 바가 없다는 거지요?"

"당연하지. 우리는 그런 일 모르네!"

자유신민당에 들이닥쳐서 댓글 조작에 대해 항의하는 송

정한.

그리고 언제나처럼 자유신민당에서는 그걸 부정하면서 고개를 흔들었다.

"우리가 왜 그런 댓글을 조작하겠는가? 그럴 이유가 없어!"

"하지만 자유신민당은 지금까지 몇 번이나 댓글 조작 의심을 받지 않았습니까?"

"그건 의심일 뿐이야. 몇 번이나 수사했지만 단 한 번도 진짜 댓글 부대라는 게 걸린 적은 없네."

옆에서 그걸 듣고 있던 노형진은 피식 웃었다.

'없기는 개뿔.'

사실 지금까지는 걸린 적이 없다.

정확하게 말하면, 권력을 자유신민당이 가지고 있기 때문에 그들이 조사 자체를 못 하게 막았다는 게 맞는 말이다.

원래 역사에서는 대통령이 탄핵되고 나서야 어마어마한 댓글 부대가 발각된다.

심지어 군까지 동원된 심각한 정치적 혼란이었다.

"그러면 그에 관련된 보증을 서 주시기 바랍니다."

"보증?"

"네. 기자회견이든 뭐든, 하다못해 공증을 통해서라도 말입니다."

"못 해 주네."

"그래요? 그러면 댓글 부대를 운영하는 걸 인정하는 겁니까?"

"안 했다니까!"

"그런데 그걸 왜 공식적으로 인정 못 하는 겁니까?"

노형진의 말이 거슬렸는지, 자유신민당의 의원 하나가 인상을 찌푸리더니 물었다.

"공식적으로 인정만 하면 되는 건가?"

"네. 어차피 비공식적으로 하려고 해도 저희가 이번 회담을 인터넷에 공개할 겁니다."

자유신민당의 의원들은 눈을 찡그렸다.

"거참, 사람을 못 믿는구만."

"좋아. 까짓거 해 주지."

어차피 이들에게 중요한 건 진실이 아니라 권력이다.

당연히 현 상황에서 댓글 부대의 동원을 인정할 수는 없었고 공식적으로 모른다는 답밖에 해 줄 게 없었다.

"좋습니다."

서류를 받아 든 노형진은 고개를 끄덕거렸다.

그리고 이어진 말에, 자유신민당 의원들은 아차 싶었다.

"그렇다면 이 짓을 할 수 있는 건 하나뿐이군요."

"하나뿐?"

"정확하게는 한 명뿐이지요. 홍안수 대통령."

이미 댓글 조작은 확인되었다.

그런데 그걸 해서 이득을 얻을 수 있는 세력은 둘뿐이다.

홍안수와 자유신민당.

"그런데 자유신민당에서 모른다면, 홍안수 대통령이 한 것일 수밖에 없지 않습니까?"

"그……건 모르지."

"그게 문제인데요."

노형진은 느긋하게 소파에 등을 기댔다.

그리고 그들을 바라보며 여유롭게 말했다.

"저와 새론을 공격하는 댓글의 80% 이상이 중국발이었단 말입니다."

"중국발?"

"네, 중국 IP더군요. 경찰에서 중국 IP라 수사를 못 한다고 연락해 왔습니다."

거기까지는 저들도 예상했을 것이다. 그게 목적이었으니까.

하지만 그다음에 나온 말은 그들도 예상하지 못한 문제였다.

"상식적으로 중국에서 댓글 부대까지 동원해서 홍안수를 돕는다? 그러면 답은 하나뿐이지요."

거기서 말을 잠깐 멈춘 노형진은 실실 미소 지었다. 그리고 한참 자유신민당의 의원들이 눈을 데굴데굴 굴리는 모습을 구경했다.

마침내 그들이 침을 꿀꺽 삼킬 때쯤, 노형진의 입이 열렸다.

"홍안수는 중국의 스파이다."

"무슨 말도 안 되는……!"

"아니, 그럴 리가 없네!"

"하지만 그것 말고는 이유가 없지 않습니까? 중국에서 사력을 다해서 홍안수를 보호하려고 하는데 말이지요. 아니면 자유신민당에서 댓글 조작을 한 건가요?"

"아닐세!"

"그러면 답은 나온 것 같은데요?"

아무런 말도 못 하고 멍하니 노형진을 마주 보는 국회의원들.

노형진은 그런 그들을 보면서 피식거렸다.

'이런 걸 외통수라고 합니다, 후후후.'

노형진은 당연히 그 부분에 대해 기자회견을 했다.

정상적인 상황이라면 사람들은 말도 안 되는 헛소리로 치부하고 말았을 것이다.

하지만 상황이 그렇지 못했다.

─홍안수 이제는 중국 스파이설?

─씨발. 이 새끼는 스파이라기보다는 정보를 사방에 다 팔아먹는 브로커 새끼 아냐?

─그럴지도?

─각하는 절대 그럴 분이 아닙니다.

─아니긴 개뿔.

─IP를 공개해라.

─역시나 중국.

─중국에서 사력을 다해서 방어하네.

─자유신민당 알바 아님?

─안 했다잖아.

─그걸 믿냐?

─어찌 되었건 말도 안 되는 건 사실임. 벌써 두 번이나 걸렸는데 세 번은 쉽지.

─두 번째는 미정입니다.

─글쎄. 일단 털어 보면 뭐든 나오겠지.

의심하는 댓글로 가득한 기자회견 뉴스.

물론 노형진이 대놓고 스파이라고 한 것은 아니다.

하지만 댓글의 수사 기록을 내밀면서 그를 지지하고 새론을 공격하는 댓글의 80%가 중국에서 온다며, 중국에서 비호받는 것이 아닌가 하는 합리적 의심을 제시했다.

이런 합리적 의심은 명예훼손에 걸리지도 않는다.

이미 증거가 있으니까.

설사 건다고 해도, 그걸 가지고 노형진을 처벌할 수는 없었다.

그랬다가는 대한민국이 진짜 작살날 테니까.

"이게 무슨……."

홍안수는 너무 기가 막혀서 말이 안 나왔다.

일본 스파이설은 자신이 켕겨서 말 못 한 게 있다지만 중국 스파이설까지?

"각하, 이건 생각보다 심각한 문제입니다."

"언론에서는 뭐 하나, 당장 이런 거 통제 안 하고?"

"지난번에 기자들 대부분이 잡혀 들어간 이후로 언론에서 노형진을 극도로 두려워하고 있습니다."

"그자들이 몇이나 잡혀 들어갔다고, 그게 말이나 되나!"

"몇몇의 문제가 아닙니다, 각하."

원래 이런 상황에서도 기자들이 헛소리를 내지를 수 있었던 이유는 그동안 우라까이에 대해서는 터치가 들어오지 않았고, 소송이 들어오는 경우에도 회사에서 보호해 줬기 때문이다.

하지만 우라까이가 막히면서 상황이 묘하게 틀어졌다.

노형진과 새론은 우라까이 기사로 인해 피해를 입은 사람들을 대신해서 고소하기 시작했는데, 그건 대부분의 기자들과 언론사가 감당할 수 있는 수준의 금액을 넘었다.

기사 내용이 사실로 드러난 경우라고 하더라도 문제가 되는 게, 명예훼손은 그 사실이 진짜라고 해도 해당되기 때문이다.

언론으로서 거기서 벗어나 위법성조각사유를 받기 위해서는 언론사 자체에서 관련 증거를 가지고 있어야 하는데 우라까이는 그런 게 없으니까.

게다가 기사가 허위인 걸로 드러난 경우는 아무리 재판부에서 봐주려고 해도 봐줄 수 있는 게 없었다.

"대부분의 언론사들이 심각한 타격을 입었습니다. 청우일보 같은 경우는 윤전기를 압류당해서 뉴스 자체가 나가지 못하고 있습니다. 그래서 파산 절차를 밟고 있습니다."

"미친놈들."

홍안수는 이를 뿌드득 갈았다.

"다시 한번 암살을 시도하는 건 어때?"

"그게 힘들 것 같습니다. 아시다시피 한번 실패했고⋯⋯ 거기에다 그⋯⋯ 운전사가 죽어서⋯⋯."

"죽어? 누가?"

홍안수의 질문에 국정원장은 입술을 깨물었다.

사실 이미 보고했어야 했는데 지금까지 못 한 게 문제였다.

"트럭을 몰아 들이받았던 요원이 발각되었습니다."

"뭐!"

홍안수의 눈이 커졌다.

"그뿐만 아니라, 노형진의 차량에 작업했던 요원과 트럭을 훔쳤던 요원까지 다 발각당했습니다."

"그게 가능해?"

물론 가능하다.

노형진은 사이코메트리 능력이 있고, 보통은 기억을 못 읽지만 사고가 난 트럭과 자신의 차에는 그들의 기억이 있었으니까.

당연히 그들을 추적해서 체포하려고 했다.

하지만 결국 체포하지 못했다.

"일단 그들을 정리했습니다만."

정리, 즉 죽였다는 말이다.

"아무래도 국정원 내부에 스파이가 있는 것 같습니다."

"이런 미친놈들! 국정원 요원이라는 놈들이 스파이 짓을 하고 다녀?"

기가 막히다는 듯 말하는 홍안수.

물론 그에 대해 국정원장은 대꾸하지 않았다.

대신에 다른 제안을 했다.

"각하, 대대적인 정리가 필요할 듯합니다."

"대대적인 정리라……."

그게 뭘 의미하는지 모를 홍안수가 아니다.

"알겠네. 진행해."

"알겠습니다, 각하."

국정원장은 고개를 숙였고, 그렇게 누군가의 미래가 결정되었다.

⚖

"지지율이 이 상황에서도 8%라……."

"이 지지율은 나라를 팔아먹어도 유지될 겁니다."

홍안수의 중국 프락치설은 무서울 정도로 퍼져 나갔다.

물론 상식적으로 말이 안 되는 것 같지만, 이미 여러 가지로 의심받고 있는 상황인지라 그 속도는 어마어마했다.

"더군다나 중국의 작업이 멈춘 것도 문제이구요."

"그렇기는 하네. 이 상황에서 홍안수와 자유신민당이 중국에서 댓글 작업을 계속할 수는 없을 테니."

"그런데 그들은 어느 걸 선택해도 결국 함정에 빠진다는 걸 모른 것 같네요."

만일 댓글 작업이 계속되었다면 '봐라, 아직도 중국에서 댓글 작업을 한다. 홍안수는 역시 중국의 스파이다.'라고 주장할 수 있다.

반대로 댓글 작업이 지금처럼 멈췄을 때는 '봐라, 중국 스파이임이 드러나니까 중국에서 댓글 작업을 멈췄다. 걸리는 게 있으니 멈춘 것 아니겠느냐? 홍안수는 중국 스파이가 맞다.'라는 논리가 성립될 수 있다.

당연히 인터넷의 분위기는 후자다.

"이쯤 되면 홍안수는 핀치에 몰렸을 겁니다. 아마 자유신민당도 홍안수를 버리는 결정을 했을 겁니다."

"으음……."

송정한은 심각한 얼굴이 되었다.

실제로 대통령이라 해도 지지율이 도움이 안 되면 버리는 게 정치다.

그리고 지금 홍안수는 당장 핀치에 몰려서 지지율이 바닥이다.

자유신민당 입장에서는 그를 보호하려 들면 같이 망해야 한다.

"딱히 그를 보호할 방법도 없는 게, 그러자면 결국 자기들이 인터넷 작업을 한 걸 인정해야 하는 꼴이니까요."

그건 더 심각한 문제다.

홍안수 문제는 그를 탓하면 그만이지만 댓글 작업은 자유신민당의 문제니까.

"아마도 홍안수와 자유신민당은 서로를 버리는 결정을 했을 겁니다."

그 말을 들으면서 송정한의 얼굴은 점점 더 어두워졌다.

"그리고 그 끝은 그다지 좋지 않지요."

홍안수가 물러나는 순간 그에 대한 대대적인 조사가 시작될 것이다.

현실적으로 지금 같은 상황에서 자유신민당이 권력을 다시 잡을 가능성은 높지 않다.

그 말은, 홍안수가 물러난 후에 개 털리듯 털린다는 뜻이다.

"그리고 다들 아시겠지만 홍안수는 털 게 많지요."

일단 애초부터 프락치였고 온갖 의심스러운 상황이 많다. 그러니 털기 시작하면 그는 결국 감옥행을 피할 수 없다.

"자네가 말한…… 그…… 계엄이라는 게……."

"이젠 농담으로 안 들리시죠?"

처음에 노형진이 계엄 이야기를 했을 때 송정한은 솔직히 말도 안 되는 소리라고 생각했다.

하지만 이미 모든 걸 잃어버릴 위기에 처한 홍안수가 과연 위험한 행동을 하지 않을까? 어차피 막장인 상황인데?

"하긴 이미 장군급은……."

이미 장군급에 대한 조사는 끝났다.

그리고 대부분이 친일파 성향이 강한 장군들로 바뀐 게 확인된 상황이다.

"하지만 여전히 탄핵하기에는 부족해."

"걱정하지 마세요. 조만간 튀어나오는 게 있을 테니까."

노형진은 자신 있다는 듯 말했다.

젊음을 이용해 먹는 자들

–러브 미 러브 미.

방송에서 나오는 수많은 소녀들.
그들의 행복한 미소와 그들의 열정.
하지만 노형진은 그걸 보면서 상당히 불편했다.
"노 변호사님, 왜 똥 씹은 표정이세요?"
드디어 복직한 민시아 변호사는 행복한 표정으로 말했다.
두 사람은 식당에서 텔레비전을 보며 밥을 먹는 중이었다.
"아니, 그냥…… 좀 그런 게 있어서요. 그나저나 민시아
변호사님은 행복해 보이시네요?"
"두 꼬맹이 악마한테서 벗어나니까 좋네요, 호호호."

"하하하하."

원래 민시아 변호사는 노형진과 새론에서 처음 만났다.

그러나 무태식 변호사와 결혼하고 아이를 가지면서 일단 아이를 키우는 데 전념하기 위해 휴직했다가 아이들이 어느 정도 크고 나자 복직한 것이다.

"두 꼬맹이 악마라……."

"악마죠, 엄마를 얼마나 들들 볶아 대는지."

"그래도 요즘은 어린이집에 잘 다니지 않나요?"

"그래서 더 난리라니까요. 이것저것 준비할 것도 많고."

그렇게 말하는 민시아 변호사.

하지만 그녀의 얼굴에는 즐거움이 가득했다.

이야기하는 것만으로도 행복해지는 것이리라.

"그나저나 진짜 간만에 왔더니 감 잡기가 힘드네요. 간간 이 공부를 한다고 했는데도."

"뭐, 법이 많이 바뀌었지요?"

"법은 그다지 문제가 안 되는데요."

민시아는 한숨을 푹 쉬었다.

"노 변호사님이 저지른 일이 어디 한두 개여야 말이지요."

"하하하."

노형진이 애초에 새론에 온 이유가 변론의 시스템 완성에 있었으니, 민시아가 새론에 복직했다는 것은 그사이에 만들 어진 시스템을 새로 배워야 한다는 것을 의미했다.

"그런데 거의 모든 결론이…… 상대방을 작살내는 걸로 끝나니까 더 문제예요."

"그런 사건들은 대부분 상대방이 가해자 아닌가요?"

"맞아요. 가해자이기는 하죠."

새론에 피해자들이 많이 오는 이유가 바로 그것이다.

다른 변호사들은 대충 합의하고 그걸 승소라고 승소 비용 받아먹는 데 집중하는 데 반해 새론은 일단 의뢰를 받으면 최선을 다해서 그 결과 가해자가 작살나기 때문이다.

"대부분의 변호사들이 재판이 법률적 보복이라는 걸 잊고 살고 있더군요."

"맞아요. 그래서 다른 변호사들이 우리를 못 이기는 거죠."

애초에 소송, 특히 민사를 진행하는 것은 그 안에 법률적인 보복을 담는 게 기본이다.

그런데 대부분의 변호사들이 귀찮고 자기 편하자고 적당히 하다 보니 아무래도 피해자들의 입장에서는 억울할 수밖에 없었고, 그게 소문이 나면서 새론은 피해자들이 너무 몰려들어서 가해자들은 오기 어려운 곳이 되어 버렸다.

"일단 저는 회사에 있다는 것만으로도 행복해요."

"아, 야근을 한 열흘쯤 하고 나면 그런 생각이 싹 가실 겁니다."

"아이고, 벌써부터 무섭네요. 호호호."

민시아와 이야기하던 노형진은 고개를 돌려서 다시 방송을 바라보았다. 그리고 한숨을 푹 쉬었다.

"왜 그러세요, 진짜? 뭐, 취향이 아닌가요? 다른 데로 돌릴까요?"

"아니요. 그건 아닙니다."

취향 문제도 아니고, 프로그램이 마음에 안 들어서도 아니다.

"사실은 위험한 정보가 들어와서요."

"위험한 정보?"

"저거 조작입니다."

민시아는 슬쩍 시선을 돌렸다가 노형진에게 다시 시선을 주었다.

그리고 들고 있던 수저를 내려놓고 나지막하게 물었다.

"그냥 소문이 아니고요? 원래 그런 소문은 다 있잖아요. 경연 프로그램에는 다 있는 소문으로 알고 있는데."

"아, 보통은 그렇지요. 하지만 저건 확실합니다."

회귀 전에 조작이라고 난리가 났으니까.

"연습생들 중에서 이미 일부 데뷔조는 뽑혀 있습니다."

"그런데 왜……?"

"흥행이지요."

노형진은 나지막하게 말했다.

"전국적으로 얼굴이 나가고 홍보가 되니까요. 장담하는

데, 여기서 나온 아이들은 엄청나게 뜰 겁니다."

문제는 그게 다 의미가 없어진다는 거다.

나중에 그게 발각되어 재능의 여부와 상관없이 조작 프로그램 출신이라는 딱지가 붙으면서 실력 없는 조작돌이라는 이미지가 생겨 버린다.

"그걸 방송국이 놔둔다고요?"

"방송국에서는 이미 알고 있습니다. 애초에 방송국에서 조작하자고 한 겁니다."

"아니, 이런 미친."

민시아 변호사는 다시 시선을 돌려서 방송을 보았다.

국민들에게 한 표라도 받기 위해 자신의 모든 재능을 보여주려 노력하는 아이들.

"진짜 그냥 오해 아니에요?"

"일단 출연 분량부터 차이가 나는데요?"

"아니, 다 나올 수가 없는 일이잖아요."

일단 쇼라고 하지만 동시에 돈이 연결된 문제다.

재능이 없다면 일찌감치 떨궈야 한다.

방송의 시간은 정해져 있고, 그 시간 동안 각자의 매력을 어필해야 한다.

그런데 시간은 부족하니 결국 방송국 입장에서도 싹수가 안 보이면 커트해야 한다.

현실적으로 방송 시간 내에 30초도 안 나오는 아이들도 분명 존재한다.

"그게 문제죠. 그래서 조작이 안 보이는 겁니다."

지금 이 항변은 조작하면서도 당당할 수 있는 면죄부나 마찬가지다.

실제로도 시간을 재 가면서 모두에게 공평하게 아이들만 틀어 주면 누가 그걸 보겠는가? 유감하지만 이건 필요악이다.

"하지만 이미 답을 정해 놓고 그에 맞게 방송에 보여 주면 그건 전혀 다른 문제죠."

당연히 더 많이 보이는 아이가 더 많은 표를 얻을 수밖에 없고, 그건 사실상 조작으로는 안 보인다.

"이미 우리는 조작 사건을 한번 겪지 않았습니까?"

"아, 듣기는 했어요. 레일 사건 말씀하시는 거죠? 아직 그 관련 서류를 공부하지는 못했지만. 남편 말로는 상당히 재미있는 사건이었다던데."

특정 랩 프로그램에서 레일은 정해진 사람을 밀어주기 위한 악마의 편집의 희생양이 되었다.

그랬다가 노형진이 그 사건을 캐서 뒤집으면서 인생 자체가 바뀌었다.

"그때 그렇게 당하고 또 한다고요?"

"인간이 그렇게 똑똑하지는 않습니다. 그리고 대부분의 사람들은 자기는 안 걸릴 거라고 생각하거든요."

물론 말도 안 되는 생각이지만 말이다.

하지만 PD가 되면 그는 방송국 내에서 절대적인 권력을 가지게 된다. 특히나 예능 PD는 말 그대로 무소불위의 권력이라고 표현해도 될 정도다.

"그래서 불편한 겁니다."

"불편해요?"

"우리가 어떻게 할 수가 없으니까요."

"아⋯⋯."

고소할 수는 있다. 그러나 증거가 없다.

조작이라는 명확한 증거가 있어야 한다.

'하지만 회귀 전처럼 멍청한 조작은 안 했단 말이지.'

아직 정확한 통계 조작이 이루어진 상황이 아니다.

당연히 지금 조작은 출연 시간의 비중을 조정하는 정도일 것이다.

그건 고소해 봐야 소용없다.

"설사 나중에 고소한다고 해도, 아이들이 조작돌이라는 딱지를 피할 수가 없게 되지요."

차라리 그냥 프로그램이 뒤집어진 거라면 이후 다른 경연 프로그램에 참가하거나 새로운 그룹에 합류할 수 있다.

하지만 조작돌이라는 딱지가 붙으면 어디에도 못 가고, 어딜 가나 욕을 먹게 된다.

얼굴은 이미 팔릴 만큼 팔린 이후일 테니까.

"하지만 조작에 참가한 애들도 나쁜 거 아니에요?"

"글쎄요."

노형진은 그 부분에서 다른 사람들과 의견이 달랐다.

"저는 엔터 쪽에서 경험이 많지 않습니까?"

"그렇지요. 일단 엔터테인먼트조합의 고문이시니까."

"그래서 그들이 얼마나 절박하게 데뷔를 원하는지 많이 봐왔습니다."

"으음……."

"만일 스스로 PD를 찾아가서 몸 로비하거나 돈을 주면서 뽑아 달라고 했다면 그 애들이 잘못한 거겠지요. 하지만 위에서 자기들끼리 다 정해 두고 찾아와서 너는 확정되었으니까 눈감아 주기만 하면 된다고 하면 그 애들은 어떻게 할까요?"

"아……."

민시아는 생각이 달라졌다.

"공범이 아니라 공범으로 만들어지는 거군요."

"맞습니다."

여기서 진실을 말한다? 그게 가능할까?

그 순간 그 사람은 퇴출이다.

수년간 오로지 데뷔라는 하나의 목적을 위해 달려왔는데 그 수년간의 노력이 그대로 쓰레기통행이 되는 것이다.

"설사 고발은 안 하고 데뷔만 거절한다고 해도, 한국의 시스템 내에서는 반골로 찍힙니다."

당연히 출연자 명단에서 바로 빠질 테고, 그걸 받아들인 다른 누군가가 들어갈 것이다.

그렇다고 해서 소속사에서, 그 아이를 다른 그룹이나 솔로로 데뷔시켜 줄까?

"반골로 찍히는 순간 그럴 리가 없지요."

재수 없으면 양심선언을 할 수도 있고, 안 한다고 해도 반골인 이상 계약이 끝나면 나갈 가능성이 높다고 생각할 것이다.

당연히 데뷔는커녕 연습생으로도 두지 않으려고 한다.

결과는 같다.

'그게 참 안타까웠지.'

물론 그게 조작에 참가했다는 것에 대한 면죄부는 되지 못한다.

당연히 그 책임은 져야 한다.

"하지만 법에서도 타인에 의해 강제로 범죄를 저지른 사람들은 처벌을 하지 않습니다."

그런데 그들은 어쩔 수 없이 범죄를 저지르고도 미래를 빼앗겨 버렸다.

"더 억울한 건, 진짜로 바닥에서 기어올라 온 아이들이지요."

모든 데뷔조가 다 조작인 것은 아니다.

실제로 바닥에서부터 기어올라 온 아이들도 있었고, 그 애들은 그만큼 최선을 다했다.

그러나 조작돌이라는 이미지가 붙어 버린 후에는 솔로 활동을 하려고 해도 그 이미지 때문에 수많은 사람들이 물어뜯어서 그마저도 힘들었다.

"범죄는 나잇살 처먹은 범죄자 놈들이 저질렀는데 그 피해는 어린아이들이 입는 구조가 아닙니까?"

노형진은 그래서 저 프로그램을 좋게 볼 수가 없었다.

"하지만 우리가 사건을 정식으로 접수받은 게 아니니……."

"그러니까 문제인 거죠."

저기에 출연한 애들도 조작되었다는 것을 안다.

하지만 말하지 못한다.

그랬다가는 다음 기회도 박탈당하기 때문이다.

그래서 회귀 전에도 아주 오랜 시간 조용했다가, 한번 터지고 나자 아예 마음을 접은 애들이 공개하면서 일이 커진 것이다.

"노 변호사님은 그 조작을 막고 싶은 거군요."

"불행한 미래가 확정적인데 그걸 굳이 따라갈 필요는 없지요."

"으음……."

민시아 변호사는 수저를 입에 물고 텔레비전을 바라보았다.

등급이 떨어져서 눈물 흘리는 아이들.

반대로 올라가서 설레어하는 아이들.

"남 같지 않네요."

그녀도 아이가 둘이다.

물론 어리다고 하지만 아이들이 미래에 어떤 일을 하게 될지 알 수 없고, 그 일이 공정하기를 바라는 것이 부모의 마음이다.

"설득해서 말하게 하는 건 불가능할 테고요."

"인생을 책임져 줄 수는 없으니까요."

그리고 한두 명이 이야기하는 것은 의미가 없다.

"무엇보다, 지금은 증거가 없습니다. 투표를 조작하는 걸 증거로 삼아야지요. 이 경우는 출연자가 조작이라 말해 봤자 탈락자의 변명이라고 하면 할 말이 없어요."

"아, 하긴 그렇겠네요."

현실적으로 그 파괴력이 강해지려면 최고 등급의 실력자가 이야기해야 한다.

획일적인 대학 입학 반대도 내신 1등급에 국영수 만점자가 말해야 신빙성이 있지, 내신 바닥에 국영수도 최하 점수인 사람이 말하면 신빙성이 없다.

"여기에서 A클래스급의 아이가 그런 걸 해야 하는데, 하겠습니까?"

A클래스라는 것은 그만큼 실력이 있다는 것이며 즉 데뷔 가능성도 높다는 소리다.

설사 이곳이 아니라고 해도 말이다.

그런데 그런 아이들이 자기 인생을 내던질까?

"내부 고발이랑 같은 거네요."

"맞습니다. 내부 고발이죠."

한국에서는 내부 고발을 하라고 하면서도 그로 인해 박살 나는 내부 고발자에 대한 지원은 전혀 없다.

즉, 내부 고발을 하려면 자기 인생도 말아먹을 각오를 해야 한다.

"그런데 저기에 나온 애들 나이가 대부분 10대입니다. 20대 초반도 많지 않아요."

그런 애들더러 남은 인생을 포기하고 양심 선언을 해라?

"그렇게 잔인한 말이 어디 있습니까?"

노형진은 그렇게 말하고는 시선을 돌려서 다시 한번 화면을 바라보았다.

"사건을 접수받지 않았으니 우리가 진행할 수는 없고."

"그렇지요."

"그러면……."

잠깐 고민하던 민시아가 씩 웃었다.

"제가 의뢰할게요."

"네?"

"제가 노 변호사님한테 의뢰할게요."

"어, 그건……."

"고발이잖아요? 고발에 당사자라는 조건이 있던가요?"

"아…… 음…… 없지요?"

고발은 범죄를 인지하고 그걸 신고하는 행위다.

당연히 당사자일 필요는 없다.

"노 변호사님이 직접 끼어든다면 문제가 되겠지만, 다른 변호사가 고발을 의뢰한다면 이야기가 좀 달라지지 않겠어요?"

"그건 눈 가리고 아웅입니다만?"

"우리 변호사들이 잘하는 거네요."

노형진은 피식 웃었다. 틀린 말은 아니니까.

"꼭 맡기고 싶으신가요?"

"우리 애들이 미래에 뭘 하게 되든 최소한 공정한 기회만은 주고 싶은 게 제 마음이니까요. 물론 그만한 돈도 있고요."

노형진은 민시아의 말에 고개를 끄덕거렸다.

"하지만 의뢰하시면 이 사건에 못 끼어드는 거 아시죠?"

"아…… 재미있을 것 같은데……."

"대신에 적당한 아바타가 있지 않습니까?"

노형진이 피식 웃으며 말하자 민시아는 피식 웃었다.

⚖️

"아니, 이 마누라는 오자마자 남편한테 핵폭탄을 던지네."

무태식은 기가 차다는 듯 혀를 차면서 말했다.

"바로 아시네요?"

"바로 알죠. 지금 이거 사이즈가…… 이야…… 뒈지겠네요, 증말."

노형진이 섣불리 끼어들지 못한 이유. 그건 단순히 이 고발이 PD로 끝날 게 아니기 때문이다.

사실 PD만 작살내면 끝나는 거라면 얼마나 좋겠는가?

"분명 방송국도 연관되어 있을 테고, 이런 거라면 꼬리 자르기를 시도할 텐데 노 변호사님이 그걸 그냥 두고 볼 리는 없고."

"그렇지요."

"거기에다가 당연히 소속사들이 끼었을 텐데, 그 소속사도 어중이떠중이 로비로 조작하겠다고 덤비지는 않았을 테니 당연히 대형일 테고."

"잘 아시네요."

"노 변호사님 성격을 보면 아이들한테 피해가 가지 않는 쪽으로 처리할 테니 당연히 일은 더럽게 힘들 테고."

"정답입니다."

"다른 사람 시키면 안 될까요?"

"안 됩니다. 내무부 장관님의 지명입니다."

"진짜 핵폭탄이네."

무태식은 머리를 긁적거리면서 말했다.

"뭐, 마누라가 해 달라는데 해 줘야지요. 가정의 평화를 위해서는 제가 무슨 힘이 있겠습니까?"

"후후후후."

노형진은 웃으면서 자리를 권했고, 무태식은 그 맞은편에 앉았다.

"그 프로그램은 일단 2주 차 방송 끝났고 3주 차네요."

"네, 시기로 보면 이제 슬슬 조작이 들어갈 겁니다."

바닥에 있던 사람이 막판에 갑자기 A조에 들어가서 데뷔한다면 의심을 살 게 뻔하다.

당연히 지금 그 대상이 어디에 속해 있든 조금씩 위로 올리려고 할 거다.

"그런데 누가 데뷔조인지는 알아내셨습니까?"

"일단은 압니다만, 말은 안 할 겁니다."

"왜요?"

"그 아이들은 범죄에 강제로 이용당한 겁니다. 그 애들에게 선입견을 만들 수는 없지요."

"하긴, 알겠습니다. 그 옛날에 지존파도 그랬으니까요."

부자에 대한 증오심으로 움직이고, 부자를 죽이고 잡아먹기까지 했던 지존파.

그들은 잡일 처리와 성욕 해소를 위해 여자 한 명을 잡아서 강제로 일을 시켰다.

그 당시에 그들은 그녀를 공범으로 만들게 하기 위해 살인을 시키고, 잡아먹는 것까지 같이 시켰다.

그러나 잡힌 후에 그녀는 무죄로 풀려났다.

사람을 서슴없이 죽이는 미친놈들 사이에서 거부란 곧 죽음을 의미하고, 공범이 된 게 아니라 공범이 될 수밖에 없었던 상황에서 그녀의 자발적 의지는 없었으니까.

쉽게 말해서 그녀는 살인에 이용된 도구이지 진짜 살인범은 아니라는 게 재판부의 판단이었다.

"이번 사건도 마찬가지입니다."

미래가 걸려 있어서 눈감았다고 하지만 그 미래가 이미 온 것도 아닌데 조작돌이라는 딱지를 붙일 생각이 노형진에게는 없었다.

"그러면 이 상황에서 가장 만만한 건…… 일단 PD군요."

"우리나라의 로비라는 게 너무 뻔하거든요."

일단 돈은 기본이고, 속칭 몸 로비라고 불리는 성 상납은 옵션이다.

"돈으로만 했을 가능성은 없을까요?"

"그런 거라면 추적이 쉽지 않을 테죠."

돈으로 줄 때 계좌 이체를 해 줄 리는 없으니까.

"하지만 제 생각에는, 성 상납도 이루어졌을 가능성이 높습니다."

"성 상납이라……. 아이들을 데리고 갔을까요?"

그건 최악이다.

그걸 공개하는 순간 그 애들의 미래는 박살 난다.

"그 가능성도 무시 못 하지만…… 제 생각에는 그럴 가능성은 높지 않습니다."

"왜요?"

"일단 기본적으로 시간이 많지 않지요."

한두 명이 출연하고 끝이 아니라 순위를 매겨 가면서 계속 경연을 해야 하는 시스템이다.

당연히 모든 아이들은 현장에서 같이 연습하고 준비한다.

"그 과정에서 합숙까지 하니까요. 성 상납을 위해 틈을 내서 빠져나가면 누군가에게 걸릴 가능성이 너무 높습니다."

"아, 합숙."

"네, 합숙이었죠."

"시작하기 전에 상납했을 가능성은요?"

"물론 그럴 가능성도 존재합니다. 하지만 과연 PD가 그것만 받고 만족할까요?"

그럴 리가 없다.

상납이라는 건 관리다. 즉, 지속적으로 해 주지 않으면 다른 누군가에게 기회가 넘어간다.

그렇다고 항의하지도 못한다. 불법이니까.

실제로 모 엔터테인먼트 사장은 자기네 그룹을 방송에 출연시키기 위해 1억 가까이 돈을 썼지만 목적을 이루지 못했다.

그렇다고 해서 그 돈을 돌려 달라고도 못 한다. 불법이니까.

"로비할 수 있는 기업은 많습니다. 그리고 로비라는 것도 결국 경쟁이지요."

더 많이 주고 더 상납을 잘하는 놈들이 올라가는 거고, 조금이라도 적게 주면 그때는 떨어지는 거다.

'실제로도 그랬고.'

회귀 전 어떤 PD가 모 소속사 출신 두 명을 데뷔시켜 주기로 약속한 적이 있었다.

하지만 다른 기업의 로비에 밀려서 결국 데뷔한 건 한 명이었다.

"그러나 그 PD는 지금도 여전히 접대받고 있을 가능성이 높습니다. 아니, 그럴 겁니다."

"그러면 그곳을 치는 게 제일이겠네요?"

"일단은 그렇지요."

노형진은 고개를 끄덕거렸다.

"하지만 그곳이 어디일지…….""

"우리에게는 가장 믿을 만한 동지가 있지 않습니까? 후후후."

⚖

"오랜만이네요. 노 변호사님, 무 변호사님."

"진짜 어색하네요, 여기."

노형진은 사무실 안으로 들어서면서 혀를 내둘렀다.

한때 안당이 쓰던, 고풍스러운 장식품으로 가득하던 공간은 그새 완전히 달라져 있었다.

이건 누가 봐도 살벌한 변호사의 사무실이었다.

"제 취향이 이런데 어쩌겠습니까?"

손예은 변호사는 노형진과 무태식에게 자리를 권하며 말했다.

"그나저나 도움받으실 일이 있다고요?"

"네. 그나저나 통제는 잘됩니까?"

"약간 삐걱거리는 부분이 없는 건 아니지만 잘되어 갑니다."

"삐걱?"

"제가 만만해 보이기는 하나 봅니다."

살며시 웃는 손예은 변호사.

하지만 그 미소는 왠지 차가웠다.

"그쪽은 좋은 꼴은 못 봤겠군요."

"그렇지요."

그녀가 안당처럼 사람을 죽일 각오까지는 못 한다고 해도, 법률 전문가로서 사람 인생 박살 내는 것은 어려운 일이 아니다.

하물며 오랜 시간 안당에게 교육받았고 마지막까지 안당

에게 저항하는 사람들을 봐 온 그녀다.

어설프게 용서해 주면서 문제를 회피했을 리가 없다.

"그런데 무슨 일이신가요?"

"사실은 정보가 필요합니다."

노형진은 자신들이 하고자 하는 걸 이야기했다.

손예은은 테이블을 톡톡 두들겼다.

"생각보다 심각한 문제네요."

"심각하죠. 손예은 변호사님도 아시죠?"

"알죠. 이쪽 계통에는 그쪽에 있다가 오는 애들이 많으니까."

원해서 오는 게 아니다.

나이 먹고 퇴출되어 그 후에 할 줄 아는 것이 없는 상황에서 자존감까지 떨어지면, 그때 브로커들이 접근하는 것이다.

춤과 노래를 배웠고 외모까지 되는 애들이니까.

"그래서 그걸 막을까 하는데, 아무래도 PD가 고급 룸살롱을 다니는 것 같단 말입니다."

"고급이라……. 한두 곳이 아닐 텐데요."

"하지만 조건을 줄이면 찾기는 훨씬 쉬워지지요."

일단 첫 번째, 인서울일 것.

사실 말이 인서울이지 강남 아니면 강북이다.

그 외에는 그다지 고급 술집이 많지 않다.

그리고 두 번째, 사람들의 눈에 띄지 않을 것.

세 번째, 보안이 철저해서 이야기가 안 나올 것.

"내부를 독점적으로 빌릴 가능성은요?"

"그럴 가능성은 낮습니다. 대부분의 사람들이 그들이 누구인지도 모를 테니까요."

"하긴 PD는 방송에 얼굴이 나오지 않으니까요."

그게 문제다.

스타라면 그런 곳에서 알아보겠지만 PD들은 대부분 방송에 안 나온다.

그렇다 보니 그들은 일반인처럼 다녀도 대부분은 알아보지 못한다.

"호칭은 사장님같이 다른 걸로 바꿀 가능성이 있으니까 너무 믿지는 마시고요."

"하긴 접대한다고 광고할 것도 아니니……."

손예은 변호사는 고개를 끄덕거렸다.

"그러면 아예 그 사람이 다녔던 곳을 찾아볼까요?"

"아니요. 그러지는 마세요. 나중에는 모르지만 아직은 안 됩니다."

손예은 변호사는 아직 확실하게 자리를 잡은 상황이 아니다.

안당 어르신 정도면 그런다고 해도 누가 저항 못 하지만, 손예은 변호사는 약점을 잡으려고 한다는 생각에 누군가 먼저 배신하고 PD에게 연락할 수도 있다.

"다만 대략적인 곳만 알아낸 후 알려 주시면 됩니다. 그러면 그쪽을 감시하는 것은 저희가 하지요."

"알겠습니다. 근 시일 내에 연락하도록 하겠습니다."

손예은은 고개를 끄덕거리며 말했다.

손예은에게서 연락이 오기까지는 얼마 걸리지 않았다.

손예은이 보내 준 후보는 생각보다 적었다.

고작 다섯 곳이었다.

"고작 이거밖에 안 된다고요?"

너무 적은 숫자에, 무태식은 어리둥절했다.

최소한 백 군데는 될 거라 생각했던 모양이다.

"기존 거래라는 게 있으니까요."

"기존 거래요?"

"네. 우리가 추적하는 건 PD인 하성묵이지만 로비하는 엔터테인먼트가 기존에 거래하던 곳으로 줄였을 겁니다."

"아하!"

생전 로비라고는 모르던 놈이 갑자기 하려고 하지는 않을 것이다.

로비라는 것도 결국 하던 놈이 하기 마련이니까.

그러니 그들이 기존에 거래하던 곳만 찾으면 되는 거고,

그건 어려운 일이 아니었다.

"그러면 다섯 곳이라……. 의외로 너무 적네요."

"모든 소속사가 아니라 이번 경연에 참가한 소속사만으로 줄였을 테고요."

그중에서 작은 소속사는 힘이 안 될 테니 당연히 빼고, 남은 건 큰 소속사뿐이다.

"그래서 크랭크와 벡센 그리고 스타웨이군요."

노형진은 고개를 끄덕거렸다.

기억이 맞는다면 이 세 기업이 로비의 주력이었다.

작은 기업들도 했는지는 모르지만, 언론에는 나오지 않았다.

하지 않았거나, 해 봤자 소용이 없었거나.

'둘 중 하나겠지.'

노형진은 그렇게 생각하면서 다섯 곳의 술집을 확인했다.

"세 곳은 그냥 평범한 룸살롱이네요."

"평범이라는 말이 좀 이상하기는 하지만요."

건물을 통째로 쓰는 사이즈의 술집이다.

술값은 절대 평범하지 않을 것이다.

"한 곳은 기생 술집이라……."

"이곳은 빼죠."

"왜요?"

"여기는 안당이 만든 곳 중 하나입니다. 기생 문화를 접목

해서 만든 곳이고 2차는 없습니다."

엄청나게 고급스럽고 또 엄청나게 비싸지만 한국에서 제대로 된 기생 문화를 즐길 수 있는 곳이기에 생각보다 로비가 많이 이루어지는 곳 중 하나다.

"단순히 2차가 없다는 걸로요?"

"단순히가 아닙니다. PD와 사장은 매일같이 어린 여자들을 보면서 품평을 합니다. 음심이 안 동할 리가 없지요."

"아……."

원래 그런 일을 할 때는 상대방을 여자로 보면 안 된다.

하지만 뇌물을 받아 처먹는 놈들이 그렇게 순수할 리가 없다.

"그러니 무조건 2차가 있는 술집입니다."

"그리고 한 곳은…… 어? 주소가 잘못된 것 같은데요?"

무태식은 로드뷰로 확인하다가 고개를 갸웃했다.

무슨 유흥가인 줄 알았는데 뜬금없이 부자 동네의 대저택이 나타났기 때문이다.

"간판도 없고."

"흠……."

노형진은 그곳을 뚫어지게 바라보다 말했다.

"어쩌면 여기일지도 모르겠네요."

"네? 어째서요?"

"간판도 없고 사람들이 의심하지도 않지요. 그리고 주차장도 들어가서 닫으면 모르고요."

"그건 다 그런데요?"

"소문을 들은 적이 있습니다. 대저택을 이용한 술집이 있다는. 철저하게 예약제로 운영된다고 하더군요. 뭐, 하루에 500만 원이라던가? 그것도 1인당이랍니다."

"헉, 미친!"

무태식은 질린 표정이 되어 버렸다.

하긴 저런 곳에 있는 술집을 누가 단속하겠는가?

애초에 영장도 안 나올 것이다.

"그러면 저기가?"

"의심스럽기는 제일 의심스럽네요."

"너무 비싼 거 아닙니까? 아까 일반 술집 세 군데도 있는데."

"그럴 수도 있지요. 하지만 그 접대를 과연 PD만 받을까요?"

"아…… 그렇겠네요."

PD는 실무진이다.

하지만 아무리 실무진이라고 해도 이 정도 건수를 아랫사람으로서 혼자 할 수는 없다.

그랬다가는 걸리는 순간 모가지다.

"분명 윗선에서 오더가 떨어져야 할 겁니다."

그리고 윗선이라면 본부장부터 예능국장 그리고 부사장과

사장까지.

"그런 사람들 급에는 아까 세 곳은 맞지 않지요."

"그러면 이곳이라는 건데. 여기는 털 방법이 없을 것 같은데요."

신고해 봐야 분명 무마될 테고 강제로 들어갈 수는 없다.

문도 안 열어 줄 테고.

"뭐, 가 봐야지요."

무태식이 헛기침했다.

"음…… 이건 진짜 기대하지는 않았습니다만, 그래도 업무를 위해 어쩔 수 없이……."

무태식의 말에 노형진은 키득거렸다.

그리고 그에게 실망감을 안겨 줬다.

"무태식 변호사님."

"네?"

"저는 죽기 싫습니다."

"아……."

그리고 무태식은 실망한 듯 축 늘어졌다.

⚖

"그래서 나를 데리고 가는 거냐?"

"일단 검사가 있어야 하니까."

오광훈은 툴툴거리면서 시계를 바라봤다.

"집에 가서 야구 봐야 하는데."

"다른 사람들은 그런 데 간다고 하면 엄청 기대할 텐데 넌 아닌가 봐?"

"너도 술집 한 20년 운영해 봐. 다 그저 그래."

어깨를 으쓱하는 오광훈.

"얼굴 예쁜 것도 한순간이다. 여자는 진짜 마음씨가 고와야 한다."

"네가 그 말을 하니까 진짜 어색한 거 알지?"

"어색이고 나발이고, 그게 진리라니까."

"진짜 네가 이러는 거 자연이가 아냐?"

"애만 데리고 들어오지 말라던데? 콘돔 꼭 쓰래."

"도대체 애한테 뭘 가르친 거야?"

"내가 뭘 가르쳐! 자기 혼자 북 치고 장구 치고 다 하고 있구만. 저승에 가면 형님을 어떻게 볼지 진짜 두렵다."

노형진과 오광훈이 티격태격하는 사이 저 멀리 한 대의 차량이 다가왔다.

그걸 본 오광훈은 혀를 내둘렀다.

"롤스 아냐?"

"여어."

그 순간 운전석 문이 열리면서 한 사람이 나왔다. 그리고 노형진을 향해 쾌활하게 손을 흔들었다.

"노형진이 올만이다?"

"그래, 잘 지냈냐?"

"잘 지냈지, 너만 아니면."

"이 자식이."

"하하하."

그렇게 대화를 나눈 그는 노형진에게 다가와 포옹하면서 인사했다.

재회의 기쁨을 나눈 노형진은 몸을 돌려 오광훈을 소개했다.

"이쪽은 오광훈 검사."

"안녕하십니까? 세광건설의 우진욱입니다."

우진욱이 고개를 꾸벅 숙이자 오광훈도 자세를 바로 하고 인사했다.

"안녕하세요. 오광훈입니다."

"이쪽은 제 후임인 박창호라고 합니다. 창호 씨, 새론의 노형진 변호사님과 오광훈 검사님이에요."

"안녕하세요. 박창호입니다."

"아, 네. 노형진입니다."

"오광훈 검사입니다."

오광훈은 인사하면서 노형진의 옆구리를 쿡 찔렀다. 낯선 사람이 나타났으니 설명해 달라는 거다.

"내 친구야. 고시 학원 다닐 때 만났어. 애석하게도 시험에서 떨어졌지만."

"크으…… 아깝다니까, 하하. 하여간 그 후에 건설 업계에 투신해서 지금까지 일하고 있지요."

"아, 그렇군요."

오광훈은 그 말에 이해가 간다는 듯 고개를 끄덕거렸다.

그도 회귀 전에 술집을 해 봤고 그래서 로비를 가장 많이 하는 곳 중 하나가 바로 건설 업계라는 걸 알고 있었기 때문에, 그가 건설업에 종사한다는 말이 나오자마자 바로 알아차린 것이다, 노형진이 그곳에 들어가기 위해서 우진욱을 불렀다는 것을.

다만 노형진도 상황을 다 아는 건 아니었기에 우진욱에게 다가가 목소리를 낮춰 물었다.

"야, 네가 말한 술집에 들어가 봐야 한다고 했는데 저 사람은 왜 데리고 온 거야? 설마 내가 돈을 낸다고 데리고 온 거냐?"

"뭔 소리야, 접대의 접 자도 모르는 놈이?"

우진욱은 한국의 굴지의 건설사에 다니는 사람이었고 주요 업무가 다름 아닌 접대였다.

술집에 대해 이야기해 준 것도 그였다.

"저 술집은 개인이 가고 싶어서 예약한다고 갈 수 있는 곳이 아니야. 개인이 가려면 최소한 초대받아서 세 번 이상 가야 해."

"그래?"

"그래. 소개도 없이 전화해서 예약 잡으면 미친놈 소리 듣는다."

철저하게 회원제이며, 접대하는 쪽에서 초대하는 형태가 된다.

그래서 경찰이 단속하고 싶어도 못 하는 거다.

일단 기본적으로 세 번은 가야 하는데 한 번에 500만 원이니까.

"회원제 술집이라……. 하긴 들어 본 적은 있네요. 가 본 적은 없지만."

오광훈도 알 것 같다는 듯 고개를 끄덕거렸다.

회원제 술집은 다시 살아나기 전에도 해 본 적이 없는 것이기에 내부의 시스템에 대해서는 그도 잘 몰랐다.

"게다가 처음으로 방문할 때는 한 명은 절대 받지 않아. 한 번에 방문해야 하는 인원이 최소 네 명이거든. 뭐, 애초에 로비가 목적인 사람만 받으니까 그게 맞기도 하고."

로비하려면 일대일로 붙어서 손바닥을 비비며 알랑방귀를 뀌어야 한다.

게다가 성의가 느껴져야 하니 한 명으로는 안 된다.

"그러니 내가 너희를 데리고 가려고 해도 입장도 안 시켜 주는 거지."

"그러면 이건?"

"당연히 회사에서 빌려준 차야. 그냥 들어갈 수는 없으니

로비 흉내를 내야지."

노형진은 걱정스럽게 말했다.

"걸리는 거 아냐? 그나저나 용케 회사에서 허락해 줬다. 그 술집, 로비용으로 안 쓰냐?"

"걱정하지 마. 다 알고 허락해 준 거야. 다른 사람도 아니고 너한테 깝죽거리는 기업이 있겠냐? 위에 다 이야기해 놨다. 허락받고 빌려 온 거야. 쓰기는 하는데, 툭 까고 말해서 너랑 검사님 정도면 로비 대상 맞지, 뭘."

당연히 박창호는 일대일이라는 규칙을 맞추기 위해 데리고 온 것이고 말이다.

"물론 너희는 가명을 써야겠지만."

"둘 다 얼굴이 알려져 있는데?"

"상관없어. 아니, 거기 가는 놈들 중에 가명 안 쓰는 놈이 없을걸. 지난번에는 법무부 장관도 봤는데, 뭘."

혹시나 나중에 문제가 될지 모르니 당연히 모든 것은 가명으로 처리한다.

내부에 CCTV나 카메라는 금지이며, 입장 시에 녹음기나 카메라 등을 확인해야 한다.

"들어가면 일단 옷을 벗고 가운으로 갈아입어야 한다."

그 말에 오광훈이 피식 웃었다.

"일단 벗고 시작하는 건 다 똑같네요."

"하하, 그렇지요? 처음에는 어색한데, 어차피 다 벗고 노는 거라 나중에는 아무도 신경 안 써요."

다만 노형진만 살짝 미안한 생각이 들었다.

"그런데 이렇게 우리를 도와줬다가 문제 생기는 거 아니야?"

우진욱은 고개를 흔들었다.

"문제 될 것 같으면 애초에 허가도 안 났지. 자기들이 깝죽거려 봐야 결국 술집이야."

"음?"

"대단한 척하지만, 결국 우리 회사에서 족치려고 덤비면 족칠 수 있어. 거기서 접대받은 사람들이 도와주겠다고 나설 것도 아니고."

"그런가?"

노형진은 이해가 안 가는 듯 애매하게 말했다.

그런 노형진에게 우진욱이 확실하게 말했다.

"그리고 너도 말했잖아, 너랑 오광훈 검사님은 얼굴이 알려져 있다고."

"그렇지."

"그 애들도 몰라보지는 않을 거야."

그러니 차라리 말을 바꾸는 게 나을 거라는 게 우진욱의 의견이었다.

손님인 척 들어가는 게 아니라, 노형진과 오광훈이 족치러 왔는데 적당히 꼬리를 자르고 끝내자고 이야기하자는 것.

"꼬리를 자르자?"

"그래. 너 거기 날려 버릴 건 아니지?"

"그건 아니지."

"그러니까 슬쩍 말을 바꾸는 거야. 거기를 노린다고 하면 오래 못 간다. 그러니까 우리가 슬쩍 로비하면서 무마하려고 하는 거라고 하면, 그쪽도 섣불리 못 해."

"역시. 넌 잔머리 하나는 대단해. 그 머리로 왜 합격을 못 했냐?"

"하하하, 내 최고 장점은 머리 좋은 게 아니라 말술이다. 시험도 술 처먹느라 떨어진 거지, 뭐."

노형진은 피식 웃었다. 틀린 말은 아니니까.

건설 업계에서 일하는 사람들은 술을 많이 마시는 걸로 유명한데 우진욱은 그 안에서도 전설로 통한다.

혼자서 소주 한 짝을 다 먹는 주량이니까.

"일단 내가 그쪽을 흔드는 건 어려운 일이 아니야. 그러니까 너는 그 안에서 적당히 흔들어 봐."

"오케이."

노형진은 고개를 끄덕거렸고, 오광훈은 해탈한 표정으로 그들을 따라 차에 올라탔다.

"어서 오세요."

여우가 사람이 된다면 저렇게 생겼을까?

진짜 여우상이 뭔지 보여 주는 여자가 눈앞에 있었다.

그녀는 노형진과 오광훈을 바라보면서 미소를 지었다.

"저희 가게에 와 주셔서 감사해요."

어떻게 해서든 노형진과 오광훈에게 잘 보이려고 하는 기색이 훤히 보일 지경이었다.

'하긴 당연한 건가?'

노형진도 오광훈도 방송을 몇 번이나 탄 유명인이다.

거기에다가 우진욱이 양념을 과하게 친 건지, 눈치만 봐서는 이쪽에서 조금만 겁을 줘도 당장 납작 엎드릴 것처럼 행동했다.

'그나저나…… 이제 어떻게 흔든다?'

목적은 하성묵과 그 윗놈들이다.

그리고 그들을 잡기 위해서는 정확한 증거나 증언이 필요하다.

'일단 온 건 좋은데…….'

원래 계획은 그들을 접대했던 아가씨를 찾는 거였다.

그런데 상황이 묘하게 흘러가면서 그 아가씨들을 찾는 게 힘들어졌다.

말로는 오늘 출근 안 했다는데…….

'너무 뻔한 거짓말이고.'

그렇다고 일일이 기억을 읽는 것은 무리다.

더군다나 이쪽의 룰은 괴상했다.

"아가씨들은 여기저기에 있으니까 찾아서 이야기하면 되세요."

소위 말하는 인사를 하는 게 아니라 저택 내부에 돌아다니는 아가씨들이 마음에 들면 말을 걸고, 그대로 방으로 데리고 가면 된단다.

무슨 괴상한 규칙인가 싶지만 의외로 그걸 좋아하는 사람이 많다나?

다만 다른 방에 들어가 있는 아가씨가 잠깐 나온 경우에는 건드리지 않는 것이 불문율이라고.

'이래서는 그 접대한 아가씨가 누군지 찾을 방법이 없는데.'

노형진이 막 고민하는 그때, 의외로 해결책은 오광훈이 냈다.

"어이, 김 마담."

"네, 검사님."

가명을 댔음에도 불구하고 나오는 검사님이라는 답변.

역시나 이쪽에 대해 알고 있다는 걸 의미했다.

그런데 거기에 대고 오광훈이 갑자기 훅 찌르고 들어갔다.

"내가 있잖아, 여기를 뒤집고 싶은데 세광건설 때문에 참는 거거든. 들었지?"

"야."

노형진은 갑자기 설레발치는 오광훈을 쿡 찔렀지만 그는 멈추지 않았다.

"저희가 무슨 잘못을 했다고…… 호호호."

김 마담이라고 불린 여자는 애써 웃으려고 했다.

하긴 이야기를 듣기는 했다. 하지만 뜬금없이 유명 검사가 자신들을 털겠다고 덤빌 이유가 없었다.

'반쯤은 뺑카 같은데.'

실제로 가끔 그런 경우가 있다.

검사라는 이름에 눈멀어서, 힘으로 여기서 공짜로 놀려고 하는 인간들.

물론 대부분은 이곳 손님들 선에서 정리되곤 한다.

손님들도 올바르게 노는 건 아니기에 그렇게 설레발치는 놈과 엮이는 것을 싫어하는 데다, 그런 놈이 실수로라도 자신들을 엮으면 곤란하기 때문이다.

하지만 이번에는 상대가 안 좋았다.

"김 마담, 아니, 성 마담이라고 부를까?"

"네?"

"성 마담, 아직도 광식이랑 놀아? 성을 바꾼다고 이 바닥을 뜬 거라고 생각할 줄 알았어?"

"어……."

김 마담, 아니 성 마담은 얼굴색이 변했다.

가명을 쓰기 시작한 이후 자신의 본명을 아는 사람은 아직까지 만난 적이 없었으니까.

"내가 바보로 보여? 호호 웃으면서 호구 취급하면 '아이고, 접대 잘 받았습니다.' 하고 갈 줄 알았냐?"

"저기, 검사님……?"

"자기네 조사한다는 검사가 좋게 웃으면서 해결하자고 여기까지 왔는데 성 마담으로 커트야? 이야, 조광식이 많이 컸네? 루나델에서 시다바리나 하던 놈이 말이야."

노형진은 그제야 오광훈이 그들과 무슨 관계가 있다는 것을 알았다.

자신은 몰랐던 원래 이름과 과거의 직장까지 아는 걸 보니 말이다.

"보아하니 서 여사님 거 받아서 제법 크게 노는 것 같은데, 내가 한번 서 여사님 친척들 찾아볼까? 어?"

"저, 저기……."

"조광식이가 미쳤구나. 오냐, 웃으면서 해결하라고 하니까 호구 취급이네. 유언장 있냐? 아, 있어도 상관없겠다. 유류분이라고 알아? 성 마담, 그래도 인서울로 대학 나왔잖아? 알지?"

아주 막 지르는 오광훈.

그리고 그럴수록 얼굴이 사색이 되는 성 마담.

오광훈은 그런 그녀에게 강하게 내질렀다.

"내가 서 여사님 신상 한번 털어 보기 전에 튀어나오라고 해라. 알았냐? 기회 두 번은 안 준다."

"죄송합니다, 오 검사님!"

"씨발, 나 박씨야! 오씨 아냐! 성 마담 눈치 다 털어먹었네? 그리고 아까부터 왜 자꾸 검사래? 나 단순 사장이야!"

"아…… 죄…… 죄송해요, 박 검사님! 아니 박 사장님!"

후다닥 나가는 김 마담.

그가 나가고 나자 노형진은 오광훈의 옆구리를 쿡 찔렀다.

"뭔 상황인 거야? 성 마담은 누구고 조광식은 또 누구고? 그리고 서 여사는? 나도 좀 알아야 대응하지."

"아, 내 아래에서 일하던 애들이야. 루나델."

"그런데 거기서 여사님이 왜 나와?"

"루나델은 술집이 아니야. 아니, 술집 맞기는 하네. 근데 여자가 아니라 남자를 고용했지."

"남자? 설마 호스트?"

"그래. 너 여자가 호스트한테 돈 얼마나 쓰는지 모르지? 남자는 우습다."

키득거리는 오광훈.

"그리고 저기 성 마담, 여기서는 이름을 바꾼 모양인데 원래 성씨야. 그 조광식이 깔이고. 아, 여친이라는 의미다."

"그러면 서 여사는 뭔데?"

"원래 조광식이가 호스트바에서 일하던 애였어."

그런데 그곳에서 서 여사라고 불리는 엄청난 부자를 만났다.

　호스트바는 호스티스바와 다르게 손님을 거절할 권리가
없다. 아무래도 호스티스바에는 신상들이 많은 편이지만 호
스트바는 아니기 때문이다.

　더군다나 제법 나이 있는 사람들이 오는 경우가 많아서,
완전 프리로 놔두면 젊은 아가씨랑만 놀려고 해서 손님을 거
절하지 못하게 해 두는 경우가 많았다.

　"보통 접대하던 아가씨들이 역으로 스트레스를 풀러 많이
와. 그래서 진상도 좀 많은 편이고. 뭐, 그래서 거절 못 하게
해 둔 것도 있지."

　"그런데?"

　"그 조광식이 서 여사님하고 눈이 맞았지. 아니, 눈이 맞
았다고 하기도 애매하네. 서 여사님이라는 손님이 일방적으
로 아꼈지."

　"아껴? 육체적인 그런 걸로? 사랑?"

　오광훈은 고개를 흔들었다.

　"사랑이라……. 글쎄, 사랑은 아닐걸. 서 여사님 아들하고
워낙 닮아서였으니까."

　"으엥?"

　"그게 참 상황이 웃긴 거거든."

　서 여사는 결혼해서 아들을 하나 낳았다.

　하지만 이혼당하고, 남편이 아이를 데리고 해외로 튀어 버

렸다.

아이를 그녀에게 보여 주기 싫었던 것.

물론 그 책임은 서 여사에게 있기는 했다.

서 여사가 먼저 바람을 피웠으니까.

하지만 남편이 싫어서 바람은 피웠을지언정 자식이 미운
건 아니었다.

그런데 그 상황에서 아이를 보여 주기 싫다는 이유로 이민
까지 가 버렸으니 상처가 엄청나게 클 수밖에 없었다.

"그다음은 뻔하지. 삶의 고통을 일로 메꾸려고 한 거지."

그렇게 일만 하다 보니 거부가 되었고, 나이 먹고 은퇴한
후 친구의 꼬드김에 넘어가 호스트바에 다니게 되었다.

"그곳에서 조광식을 만난 거야."

"그래서 조광식에게 푹 빠졌다고?"

"음…… 빠졌다? 뭐, 그렇기는 한데, 남녀로서는 아니고,
말했다시피 조광식이 자기 자식하고 너무 똑같이 생겼다고
하더라고."

"뭐?"

"그렇대. 사진 보여 줬는데, 야, 진짜 클론이라고 해도 믿
겠더라."

"설마?"

"설마는 개뿔. 혹시나 해서 유전자 검사도 했거든? 그런데
아니야."

이것이 법이다

물론 조광식은 아니라는 걸 알고 있었다.

하지만 이 바닥이 다 그렇듯이 돈이 될 만한 낌새가 보이면 달려드는 게 인간이다.

"뭐, 자기 자식은 아닌데 누가 봐도 자기 자식하고 똑같이 생겼으니 마음이 가는 건 당연한 거고."

조광식은 눈치 빠르게 그녀를 어머니처럼 대했다.

그 바닥에서는 나이가 많으면 호칭이 보통 누님이 되는데 조광식은 어머니라고 부르면서 극진히 대했고, 서 여사는 거기에서 헤어나지 못했다.

"자식을 찾으려고 하지는 않은 거야?"

"안 한 건 아니지. 하지만 연락 끊긴 게 몇 년인데 그게 어디 쉽겠냐?"

"하긴 그러네."

결국 서 여사는 자식을 찾지 못한 채로 임종을 맞이했고, 조광식은 최후의 순간까지 자식처럼 그녀를 보살폈다.

"웃긴 일인데, 그래서 서 여사가 전 재산을 조광식 그 새끼한테 준 거야."

"어이가 없네, 진짜."

"뭐, 외로움이라는 게 그런 거 아니겠어?"

평생을 그리워하는 자식에 대한 사랑.

그런데 그 자식과 똑같이 생긴 사람이 어머니라 부르며 임종까지 지키려고 한다면 흔들리지 않을 사람이 있을까?

그것도 자식이 어디에 있는지도 모르는 상황에?

"그거 받고 손 털고 나갔지. 그게 끝."

"그 깔이라는 건?"

"조광식이랑 붙어먹던 룸 아가씨야."

"아침 막장 드라마냐?"

"인생이 원래 그런 거 아니냐?"

오광훈은 김 마담, 아니 성 마담을 보고 바로 상황을 알아차렸다.

아무리 조광식이 그녀를 좋아했다고 해도 그녀에게 돈을 줄 리도 없고, 그녀가 돈이 있는 조광식을 떠날 이유도 없다.

그렇다면 결국 같이 있다는 뜻이니, 이 가게의 실질적인 소유주는 바로 조광식이라는 거다.

"유류분이라……."

"대충 각 나오지."

"이야, 오광훈 진짜 많이 컸네."

이 상황에서 조광식에게 가장 무서운 건 뭘까?

성매매로 인한 벌금? 아니면 자신의 불법적인 가게 적발?

그런 건 돈 몇 푼으로 처리하면 땡이고, 그마저도 내기 귀찮으면 전화 한 통이면 해결된다.

"하지만 진짜 친자식이 나타나면 이야기가 달라지거든."

이혼했다고 해서 아들이 친자가 아니게 되는 것도 아니니, 아무리 조광식이 서 여사에게 재산을 물려받았다 해도 그녀의 친자식이 나타나면 유류분으로 절반을 줘야 한다.

당연히 이곳뿐만 아니라 다른 재산도 마찬가지일 테니 조광식에게 가장 무서운 것은 법이 아니라 그의 존재일 것이다.

"보통 사람이라면 모르겠지."

특히 검사라면 이런 걸 몰라야 한다.

하지만 오광훈은 안다.

"그래서 유류분 이야기를 하니까 얼굴이 새파란 색으로 변한 거구만."

"그래. 아마 그걸로 흔들면 제법 많이 토해 낼걸."

"역시 너를 데리고 오기를 잘했어."

"나는 옆에서 폼 좀 잡고 있을 테니까 이빨은 네가 까라. 알았냐?"

"알았다."

노형진은 자신 있게 씩 웃었고, 잠시 후 조광식이 다급하게 안으로 들어왔다.

"아이고, 형님."

"형님 같은 소리 하고 자빠졌네. 조광식이, 내가 그렇게 만만해 보이냐?"

오광훈이 달려오는 조광식에게 한 소리 하자 그는 움찔했다.

그리고 노형진은 약속대로 그런 오광훈을 말렸다.

"뭐, 제 신분에 대해 이야기할 필요는 없지요?"

"그럼요, 그럼요. 노…… 아니, 서 이사님."

눈을 데굴데굴 굴리는 조광식. 그는 침을 꿀꺽 삼켰다.

이 바닥에서 일하면서 많은 걸 듣는데, 그중 하나가 바로 미다스의 정보력이다.

진짜로 아들을 찾으면 자신은 재산의 절반을 토해 내야 하는 상황이다.

"사실은 제가 아드님을 찾을까 했는데……."

"아이고, 그러실 필요는 없습니다. 제가 알아서 잘…… 모시겠습니다. 하하하."

어색하게 웃는 조광식.

노형진은 그런 그를 보고는 피식 웃으며 말했다.

"기브 앤드 테이크."

"기부? 아, 네. 좀 기부라도……."

"그 말이 아닙니다. 오는 게 있으면 가는 게 있어야지요."

사실 찾으려면 못 찾을 건 아니다.

하지만 사건과 직접 관련도 없는데 굳이 아들을 찾을 필요는 없다.

더군다나 10여 년간 부모에게 연락 한번 없던 아들이다.

그런 사람에게 자식이라는 이유로 돈을 주는 건 맞지 않다고 노형진은 생각했다.

'돈 때문이라지만 최소한 조광식은 자식 노릇은 했으니

까.'

과연 서 여사라는 사람이 그걸 몰랐을까?

그랬을 리가 없다.

이 정도의 재산을 가진 사람이라면 변호사를 고용하는 건 어려운 일도 아니고, 그가 유류분이나 자식을 찾아서 상속하는 것에 대해 말해 주지 않았을 리도 없다.

그럼에도 불구하고 서 여사는 자식을 찾지 않았다.

그 말은, 그녀도 친자식에게 돈을 주고 싶지 않았다는 걸 의미한다.

'그걸 존중해 드리도록 하지요.'

물론 그런다고 해서 자기 욕심을 안 채울 건 아니지만 말이다.

"사실은 제가 사건을 조사하다 보니 여기서 재미있는 만남이 있는 것 같더군요."

"재미있는 만남요? 아, 여기서 만나는 거야 다 재미있지요."

"그런 게 아닙니다. 여기에 방송국 분들이 그렇게 열심히 다닌다고 하던데."

조광식은 움찔했다.

"대답하기 싫으면 하지 않으셔도 됩니다. 저희는 그냥 자녀분을 찾아서 그분이 소송을 통해 여기를 가지게 한 후에 여기 자료에 대한 열람을 요청해도 되니까요."

"……."

노형진의 말에 조광식의 표정이 단숨에 굳어졌다.

그가 미동도 않는 것을 본 노형진은 오광훈에게 슬쩍 눈짓한 뒤 말했다.

"저희, 그냥 가겠습니다."

노형진이 자리에서 벌떡 일어나자 조광식이 잽싸게 매달렸다.

"하하. 아니, 그런 게 아닙니다. 워낙 방송국 분들이 많이 오셔서 누구를 말씀하시는 건지…… 하하하."

모든 방송극을 다 적대할 수는 없으니 정해 달라는 거다.

노형진이 그 말을 못 알아들을 리가 없을뿐더러, 그 또한 몽땅 내놓으라고 할 필요는 없었다.

"요즘 서포터라는 프로그램이 잘나가던데요?"

"서포터…… 아…… 하성묵 말씀이군요."

척이면 착이라고, 그는 바로 알아들었다.

"정보가 좀 있습니까?"

"아…… 정보가 있지요. 제가 접대하던 애를 데리고 오겠습니다. 그런데 저기……."

"뭐, 정보가 충분하다면 저희가 뭐라고 할 이유는 없지요."

"감사합니다, 헤헤."

웃으면서 나가는 조광식.

이윽고 그는 어떤 여자를 데리고 온 다음 조용히 다시 나갔다.

알아서 하라는 거다.

"하성묵 PD에 대해 알고 싶으시다고요?"

노형진은 그녀를 보면서 고개를 갸웃했다.

어디선가 본 모습이다.

물론 화장하고 한껏 꾸미기는 했지만 분명 전에 본 적 있는 여자였다.

"저기, 죄송한데…… 우리가 어디서 만난 적이 있던가요?"

"아닐걸요, 저를 본 적은 있을지 모르지만."

"네?"

"스타로드K 시즌 3."

"아!"

노형진은 기억났다.

그때 방송에 나왔던 여자다.

톱 10에 들어가지는 못했지만 그래도 데뷔 초기에 압도적 섹시미로 유명했다.

다만 섹시미가 너무 강해서 도리어 반작용으로 안티가 증가해서 중간에 떨어졌지만.

"크흠…… 그런데 왜……."

"뭐, 이 바닥이 다 그런 거죠."

톱 10에 들어가지는 못했지만 나름 인기를 끌었고, 그 상황에서 사기꾼에게 낚였다.

출연해서 유명해진 사람들에게 방송국이 케어해 주는 것은 없었기에 그들이 사기꾼인지 몰랐던 그녀는 앨범 제작비라는 명목으로 사기를 당해서 어마어마한 빚을 지게 되었다고 한다.

"그리고 그 이후에 뭐, 뻔한 길로 이렇게 오게 된 거고요."

그녀는 지겹다는 듯 말했다.

하긴 그녀의 얼굴을 아는 사람이라면 한 번씩은 다 물어봤을 테니까 이제는 생각하고 싶지도 않을 것이다.

"그런데 하성묵을 만나셨다고요?"

"네, 만나게 될 줄은 몰랐지만요. 이럴 줄 알았으면 그때 한번 대 줄걸."

"네?"

그런데 생각지도 못한 대답이 나왔다.

"그게 무슨 말입니까? 대 주다니?"

"그때 하성묵이 자기랑 자 주면 톱 10 안에는 무조건 넣어 준다고 했거든요."

"스타로드K PD가 하성묵이었습니까?"

"네. 그것 때문에 오신 거 아니에요?"

노형진은 자신도 모르게 입술을 깨물었다.

'이미 거기에서부터 조작이 이루어지고 있었던 건가?'

하긴, 갑자기 서포터라는 프로그램에서만 조작했을 리는

없다.

"사실은 다른 이유로 왔습니다. 서포터라는 거 아시나요?"

"몰라요. 이름만 들었어요."

그녀에게는 그런 프로그램이 과거를 들추는 고통 그 자체였고, 그래서 가능하면 그런 경연 프로그램은 보지 않으려고 해 왔다고 한다.

노형진은 그녀에게 지금 상황을 이야기했다.

"하성묵 그놈이 할 만한 짓거리네요."

"그래서 말인데, 그 사람이 지명으로 부르나요?"

"그렇지요."

출연자일 때는 눈치가 보여서 강제로 어떻게 할 수가 없었다. 하지만 이제는 술집에서 일하는 아가씨이니 뭘 하든 자기 마음이라는 거다.

"그 새끼, 쓰레기예요. 좀 곱상한 애들은 한 번씩은 그 소리를 들었다고 하더라고요."

"허."

"특히…… 마지막 합숙에서 장난질이 심했다고 하던데요."

"합숙에서요?"

"네."

스타로드K는 최종 10인에 들면 합숙해 가면서 경연을 펼친다.

"같이 출연하다가 친해진 동생이 한 명 있는데, 따로 만나자고 하는 걸 거절하니까 다음 날부터 방송 출연분이 확 줄었다고 하더라고요."

그리고 당연하게도 그녀는 열 명 중 10등으로 떨어졌다.

사람들의 눈에 보여야 표도 받는 것이니까.

"담배 피워도 되나요?"

"그러세요."

노형진에게 양해를 구한 그녀는 한참을 담배만 피워 댔다.

그러더니 마침내 마음의 준비를 마친 듯 입을 열었다.

"그 미친놈은 각 엔터테인먼트의 사람들과 와서 접대받아요. 지명은 거의 나고, 뭐 같이 온 놈들은 그때그때 상황을 봐서."

일단 중요한 건 실제로 로비가 이루어지고 있다는 거다.

그녀가 말하길 기다리던 오광훈은 조심스레 물었다.

"그 안에서 보통 어떤 이야기가 오갑니까?"

"보통은 우리 애들 잘 부탁한다, 뭐 그런 이야기를 하더라고요."

누가 봐도 조작이 이루어지고 있는 상황이다.

"어쩔래?"

그녀의 말을 들은 오광훈은 침묵을 지키는 노형진에게 물었다.

"이거 공개하는 거, 쉽지 않을 거야."

더군다나 이걸 공개하려면 술집 쪽에서 도움을 줘야 하는데, 그럴 가능성은 없어 보였다.

아무리 약점이 잡혔다고는 하나 모른 척하는 것과 자발적으로 제보하는 것은 전혀 다른 문제다.

만일 자발적으로 제보하면 당연히 그 가게는 망할 수밖에 없다.

"흠……."

노형진은 한참을 고민하다가 문득 좋은 생각을 떠올렸다.

"조광식 좀 불러 주세요."

"사장님을요?"

"네, 물어볼 게 있다고."

노형진의 말에 그녀는 조광식을 데리고 왔다.

노형진은 그에게 조용히 질문을 던졌다.

"혹시 말입니다, 그 사람들이 찍힌 거 있습니까?"

"찍힌 거라고 하시면, 내부 영상 말입니까? 저희는 그런 건 절대로 안 찍습니다."

질겁하면서 양손을 흔드는 조광식.

"여기가 인기 있는 이유 중 하나가 바로 철저한 보안 때문입니다. 만일 그런 걸 찍는다고 하면 누가 오겠습니까?"

"하긴 그렇겠네요."

노형진은 고개를 끄덕거렸다.

하지만 카메라가 아예 없을까? 그건 아닐 것이다.

"하지만 안전을 위해 아예 카메라가 없는 건 아닐 텐데요."

"없습니다. 진짜로 믿어 주세요."

"제가 말하는 건 내부 카메라가 아니라 외부 카메라입니다."

"외부 카메라요?"

"네. 보안용 외부 카메라도 없지는 않을 텐데요?"

내부에서 찍는 건 접대하거나 접대받는 사람들이 끔찍하게 싫어하기 때문에 불가능하지만, 그렇다고 해서 아예 카메라 없이 영업할 수는 없다.

여기는 부촌이고, 당연히 도둑들이 가장 먼저 털고 싶어 하는 곳이니까.

심지어 도둑에게 수천만 원을 털려도 그게 부정한 돈인지라 제대로 신고도 못 하는 게 이 동네다.

"그러니까 외부에서 들어오는 걸 확인할 정도의 카메라는 있을 텐데요?"

외부에서 찍힌 것만 가지고 접대나 성매매를 증명할 수도 없고, 기본적으로 들어오는 인간이 경찰은 아닌지 확인하기 위해서라도 입구 쪽에는 어쩔 수 없이 하나쯤은 있어야 한다.

"외부라고 하면 입구 쪽에는 있습니다만."

"그것 좀 확인할 수 있을까요?"

"그런데 저기……."

"그쪽 이름은 절대 나가지 않을 겁니다."

노형진은 자신 있게 말했다.

"이 세상의 모든 것은 익명이라는 가면을 쓰고 살기 마련이거든요, 후후후."

익명이라는 쓸데없는 가면

익명. 사람들은 많은 것을 익명 뒤에서 한다.

특히나 부정한 행동일수록 더욱 그렇다.

가령 악플을 단다거나 상대방을 모욕하거나 하는 행위는 대부분은 익명이라는 가면 뒤에서 하려고 한다.

"하지만 그 익명이라는 게 어떻게 보면 진짜 눈 가리고 아웅이거든."

노형진은 백화점을 돌면서 미소 지으며 말했다.

"사람들은 익명이라고 생각하지만 진짜 익명이 아닌 경우가 많아."

노형진의 설명을 듣던 오광훈이 볼을 긁적이며 물었다.

"그건 알겠는데…… 나를 왜 데리고 온 거야?"

"체구가 너랑 비슷하더라고."

"뭔 체구?"

"화면에 나온 남자."

노형진은 그 술집에서 적당한 타깃을 하나 골랐다.

예상대로 입구에는 카메라가 있었지만 딱히 경계할 것도 없었다.

입구를 비추고 있을 뿐인지라 접대의 증거로 쓸 수 있는 어떠한 영상도 없었기 때문이다.

"그렇지만 복장은 알 수 있지."

노형진은 그렇게 말하면서 오광훈을 세우고는 넥타이를 하나 집어서 대보았다.

"흠, 이거 맞는 것 같은데?"

"아, 씁. 지금 겁나 소름 돋는 거 알지? 남자 둘이 넥타이 대봐 주면서 구입하다니."

부르르 떠는 오광훈.

그걸 보면서 노형진은 피식 웃었다.

"그렇지. 보통 이런 건 여자 친구가 해 줘야 그림이 나오지."

"그림이고 나발이고, 진짜 뭐 하는 거야?"

"말 그대로 익명 속에 숨는 거지."

"익명 속에 숨어?"

"일단 쇼핑을 따라와 보라고."

노형진은 오광훈을 데리고 이리저리 쇼핑하면서 그의 체구에 맞는 옷을 샀다.

그리고 조용하고 으슥한 오피스텔로 그를 데리고 갔다.

"뭐 하려는 거야?"

"뭐 하긴, 촬영하려는 거지."

노형진이 오광훈을 데리고 안에 들어가자 기다리고 있던 사람들이 있었다.

"기다렸습니다, 노 변호사님. 물건은 정확한가요?"

"정확합니다. 사진하고 비교해 보시죠."

"알겠습니다."

노형진이 건넨 옷을 받아 든 무태식 변호사는 그걸 미리 찍어 둔 캡처 화면과 비교해서 그림을 만들더니 고개를 끄덕거렸다.

"완벽하네요."

"완벽하죠."

"저기, 난 안 완벽하거든! 이해 좀 시켜 주지?"

노형진은 오광훈을 구석으로 데려가 벽에 기대서면서 말했다.

"아까 말했다시피 사람들은 익명성에 숨어서 많은 걸 하지만 사실 그 익명성은 완벽하지 않아. 가령 인터넷상에서 명예훼손을 저지른다고 해도 검사는 IP를 추적해서 다 잡아내지."

완벽한 익명성 뒤에 숨어서 뭔가를 하는 것은 절대 쉬운 일이 아니다.

"사실 그게 문제이기도 하고."

사람들은 익명성 때문에 악플이 생긴다고 생각한다.

그 때문에 몇몇 사람들은 인터넷상에 실명제를 사용하자고 하지만……

"그건 의미가 없지."

인터넷상에 실명을 박는다고 해도 그 사람이 동일 인물이라는 어떤 증거도 없다.

주소나 주민번호를 드러낼 것도 아니고, 결국 실명제의 한계는 이름뿐이다.

"가령 내 이름을 인터넷에 올린다고 하면 사람들이 변호사 노형진이라고 생각할까?"

아니다. 다른 노형진이라고 생각할 것이다.

한국에 노형진이 한 사람만 있는 것도 아니니까.

결국 실명이지만 실명은 아닌 셈이다.

"방송 같은 것도 마찬가지야."

방송에서 인터뷰를 할 때, 그 사람을 감춰 주기 위해 모자이크 처리를 하거나 목소리를 변조해 주기도 한다.

"하지만 그건 대부분 뻘짓이야."

"왜?"

"한국 기자 놈들이 받아 처먹은 게 있는데 제대로 일하겠니? 기자들이 사회 고발을 하는 것 같지만, 사실 그놈들은 사회 고발하는 사람들을 몰락시키는 데 더 집중한다고."

"이해가 안 가는데?"

오광훈은 고개를 갸웃했다.

기자들과 이번 일이 무슨 관계가 있단 말인가?

"보통 모자이크 처리나 목소리 변조는 한계를 가지지."

일단 모자이크 처리의 대상은 얼굴뿐이다.

목소리야 변조한다고 해도, 문제는 모자이크 처리가 제대로 되는 게 아니라는 거다.

"보통 사람들은 모자이크 처리해 준다고 하면 인터뷰를 하지. 하지만 사람들을 특정하는 건 얼굴이 아니라 옷이라고."

실제로 비슷한 실험이 있었다.

산행복을 입은 사람이 길을 물어보던 중 상대방의 시선을 딴 쪽으로 돌리게 하고 같은 옷을 입은 다른 사람으로 바꿔치기했음에도 불구하고 길을 안내해 주던 사람은 사람이 바뀐 것조차도 몰랐다.

단 한 명도 그걸 알아차리지 못했다.

"모자이크 처리로 얼굴은 가릴 수 있지. 하지만 그 사람이 평소 입는 옷이나 그 사람이 평소에 일하는 사무실 같은 공간은 모자이크 처리를 하지 않거든."

이게 무슨 소리냐면, 그 사람에 대한 걸 아는 사람은 모자이크 처리된 영상을 보는 순간 그가 누구인지 알아차린다는 거다.

"실제로 얼굴은 모자이크 처리했지만 인터뷰한 공간이 집이라든가 사무실이라든가 해서 걸리는 경우가 많아. 심지어는 기르던 개가 걸려서 내부 고발자가 잡힌 적도 있지."

"헐, 그걸 기자들이 몰라?"

노형진은 고개를 흔들었다.

과연 기자들이 모를까? 수십 년 동안 그런 인터뷰를 해 왔는데?

"모를 리가 있나."

안다. 하지만 그걸 막기 위해서는 여러 가지 복잡한 게 많고 귀찮은 데다가, 기본적으로 기자들은 이권을 따지기 때문에 그들이 내부 고발로 처단당해야 이권을 지킬 수가 있다.

그래서 그들은 마치 아무도 모를 것처럼 말하면서 얼굴만 가려 줄 뿐, 옷이나 주변까지는 가려 주지 않는다.

"인터뷰에서 안전하려면 방법은 아예 음성만 녹음해서 목소리 변조로만 내보내든가, 아예 옷부터 공간까지 완벽하게 새로운 조건에서 녹화하든가 하는 것뿐이야."

그렇게 하지 않고 기자들이 생활하는 장소에 찾아와서 '인터뷰하겠습니다.'라고 하는 말에 응해 버리면 그 사람은 인생 종 치는 거다.

"그리고 우리 계획은 그 인생 종 칠 사람을 만드는 거지."

"아하!"

오광훈은 고개를 끄덕거렸다.

노형진이 노리는 게 뭔지 알아차린 것이다.

"누군가와 똑같은 옷을 입히시겠다?"

"정확하게는 크랭크의 오지철 실장이야."

오지철 실장.

그는 이번 사건의 핵심 멤버 중 한 명이자, 하성묵에게 오랫동안 로비해 온 크랭크의 실장이었다.

접대했던 사람들의 말에 따르면 그가 언제나 가장 먼저 접대했다고 한다.

"쉽게 말해서 크랭크에서 더러운 일을 담당하는 사람이라는 거지."

조사에 따르면 그는 실장이지만 책임지고 있는 연예인이 없다.

정확하게는 그 아래에 몇몇 연습생들이 있긴 하지만, 애초에 연습생들 몇 관리한다고 실장 자리를 주는 것은 한국의 기업 시스템에 그다지 맞지 않다.

"더군다나 조사해 보니 애초부터 연예계 출신도 아니었고."

보통 연예 기획사에서 실장급을 달기 위해서는 바닥에서 시작해서 연예인을 키우고 성공시켜야 한다.

대충 시간만 때우다가 실장을 달 수 있는 사람은 없다.

"그런데 이 사람은 실장을 달았단 말이지."

더군다나 이 사람의 전 직장은 건설 회사다.

거칠기로 소문난 건설 회사의 사람이 갑자기 연예 기획사로 넘어온다?

"딱 촉이 오지 않냐?"

"그러네."

건설 기획사에서도 오지철이 있던 곳은 일선이 아닌 영업부. 쉽게 말해서 로비를 전문적으로 하던 놈이라는 거다.

"로비력 하나 보고 스카우트했겠지."

실제로 크랭크는 그를 불러들이고 나서 빠르게 성장했다.

우연치고는 너무 공교롭다. 그 이후에 갑자기 출연 기회가 확 늘어났으니까.

"즉, 오지철이 영업했다는 거지."

"그리고 저 사람이 오지철 대신이고?"

오광훈은 막 방에서 나온 남자를 보며 물었다.

그 남자는 노형진이 사 온 옷을 입고 있었는데, 어느 틈에 가발까지 맞춘 건지 머리에는 하얀색의 새치까지 표현되어 있었다.

"아직 모자이크 처리한 화면을 원상태로 돌리는 기술은 만들어지지 않았거든."

즉, 오지철을 대신해서 저 사람을 촬영하고 그걸 인터넷에 공개한다.

그게 노형진의 계획이었다.

"문제는 오지철이지."

모자이크 처리하고 목소리를 변조할 테니 당연히 사람들은 그가 누군지 모른다.

하지만 그가 한 말은 연예계를 강타할 테고, 언론에서는 신나게 달려들 것이다.

설사 아니라고 할지라도 노형진에게는 그걸 이슈화할 수 있는 힘이 있다.

"그러면 누구도 드러나지 않고 누구도 다치지 않으면서 문제가 제기되는 거지."

노형진은 어쩔 수 없이 그들에게 이용당하는 아이들의 인생이 망가지는 것을 그냥 두고 볼 생각이 없었다.

"아이들이 로비에 연관된 게 아니니까."

프로그램은 아마도 PD가 바뀌는 정도에서 끝날 가능성이 높다.

"물론 오지철은 상황이 좀 달라지겠지만."

오지철이 평소 입던 스타일을 확인하고 그에 맞게 준비한 옷들.

크랭크 쪽에서 그걸 못 알아볼 리가 없다.

당연히 그들은 오지철이 내부 고발자라 생각할 테고……

"나가리네?"

오광훈은 피식 웃었다.

한국은 내부 고발자를 좋게 보지 않는다.

당연히 오지철은 회사에서 잘릴 테고…….

"네가 그때 나서서 조사를 시작하는 거지."

그러면 나가리가 된 오지철은 아마 열심히 입을 나불거릴 것이다.

"아마 크랭크뿐만 아니라 다른 놈들도 머리 좀 아플 거다, 후후후."

"오, 새로운 뉴스 떴다."

대기실에서 기다리는 사이 인터넷을 보는 게 하진오의 유일한 심심풀이였다.

그중에서 가장 자주 보는 것은 유튭이라는 곳이었다. 세계적인 동영상 사이트고, 여러 가지 재미있는 동영상을 볼 수 있기 때문이다.

"헐, 복수재단 거 떴네? 웬일이니? 또 누구 하나 인생 조졌구나."

그가 구독을 눌러 둔 곳 중에는 복수재단도 있었다.

복수재단은 다른 채널과 완전히 다르다. 다른 곳은 재미 위주로 운영되는 경우가 많지만 복수재단은 말 그대로 복수를 위해 동영상을 공개한다.

복수재단에서 공개되는 동영상은 둘 중 하나다. 고발성 영상이든가 아니면 양심선언성 영상이든가.

어느 쪽이든 누군가의 인생이 박살 나는 건 확정이기에, 그리고 그 과정에서 온갖 말이 나와 시끄러워지기에 하진오는 짙은 기대를 품고 동영상을 재생했다.

동영상에서는 한 남자가 낯선 공간에서 느긋하게 말하고 있었다. 안전을 위해서인지 목소리도 변조되어 있었다.

-이번 서포터는 애초에 조작이에요. 조작을 안 할 수가 없죠. 거기에 들어간 돈이 얼만데. PD뿐만 아니라 사장단에까지 돈을 뿌려 놨거든요.

"어?"

서포터라는 말에 소름이 돋았다. 하진오는 후다닥 자세를 바로잡고 영상에 집중하기 시작했다.

-국민들 투표요? 그거 생각하면 아무것도 못 해요. 애초에 소속 사도 그렇고 PD도 그렇고, 국민들의 표는 생각도 안 했어요. 물론 대부분은 모르겠지요. 하지만 이미 사장단하고 이야기 다 끝내 놨다니까요.

"이게 뭔 소리야? 조작이라니?"

물끄러미 동영상을 보던 하진오는 문득 이상하다는 생각

이 들었다.

느긋하게 이야기를 하는 남자.

얼굴도 가려지고 목소리도 변조되었다. 그런데 눈에 익다.

"저거…… 오지철이가 입고 왔던 옷 아냐?"

놀라서 목소리가 떨리는 하진오.

그 순간 문이 벌컥 열렸다.

"아이고, 깜짝이야!"

"뭐 하다 그렇게 놀라?"

대기실 안으로 들어오는 남자를 본 하진오는 다급하게 그를 불렀다. 이건 심각한 문제니까.

왜냐? 방금 들어온 남자는 조용민, 바로 이 영상에서 말하고 있는 서포터의 메인 MC였기 때문이다.

"형! 형! 이것 좀 봐요!"

"뭐? 왜? 야, 나 바로 나가 봐야 해. 잠깐 화장 고치러 온 거야."

"아니, 지금 그게 중요한 게 아니라니까."

"뭔데? 뭔데?"

조용민은 하진오에게 끌려와서 영상을 보았다.

처음에는 무심하게 보던 조용민은 점차 입을 꾹 다문 채 영상에 몰입해 갔다.

내부 고발로 보이는 영상.

하지만 알 수 있었다. 이건 지금 자신이 맡고 있는 서포터의 치명적 문제였다.

더 큰 문제는 그걸 내부 고발하는 사람이었다.

"이거…… 오지철 실장 맞지?"

"그, 그런 것 같은데요. 형, 이거 뭐 어떻게 되는 거예요?"

"그러게……. 대체 어떻게 된 건지 모르겠네. 일단 나가서 사회를 봐야 하는데."

조용민이 나가야 하나 말아야 하나 고민하는 그때, 갑자기 문이 벌컥 열리면서 조감독이 들어왔다.

"조용민 씨."

"네?"

"일단 오늘 촬영은 여기까지고요, 급한 사정이 있어서 나중에 다시 연락드리겠습니다."

제대로 인사도 못 하고 허둥지둥 돌아 나가는 조감독을 보면서 조용민은 떨리는 목소리로 말했다.

"아무래도 이 프로그램 좆 된 것 같다, 진오야."

그 말에 하진오는 자신도 모르게 고개를 끄덕거렸다.

⚖

오지철은 침을 꿀꺽 삼켰다.

인터넷상에 나타난 모습은 누가 봐도 자신이었다.

"이 개새끼가, 먹여 주고 입혀 줬더니 배신을 때려?"

"사장님, 저 아닙니다! 진짜입니다!"

"장난해? 지금 저 넥타이 안 보여? 어? 지금 네가 하고 있는 넥타이랑 똑같잖아!"

"아닙니다. 우연입니다."

오지철은 어떻게 해서든 부정해 보려고 했다.

그러나 그게 쉽지 않았다.

정말 오지철이 입고 있는 옷과 똑같았기 때문이다.

공간이 다르기는 하지만, 옷차림이 똑같은 그 남자는 오지철과 체형까지도 비슷했다.

"아닙니다, 사장님. 저는 진짜 억울합니다."

오지철이 아무리 변명해 봐야 이미 답은 나와 있었다.

그가 애용하는 넥타이는 흔한 게 아니다.

애초에 넥타이 자체가 명품이었고, 당연히 명품 숍까지 가서 사야 한다.

명품 숍에서만 파는 특별한 넥타이에, 체형이 비슷하고 머리 모양도 똑같다? 심지어 신고 있는 신발이나 양말까지 일치한다.

물론 목소리는 변조했다.

하지만 목소리를 변조했다고 해서 그가 가진 물건들이 바뀌는 것은 아니었다.

"아니라고? 아니라고? 개소리하지 마, 이 새끼야!"

그러면서 인터넷에 올라와 있는 영상을 틀어 주는 사장.

그러자 스피커에서 변조된 목소리가 흘러나왔다.

-한국 방송에서는 모든 게 다 조작이죠. 지금 하고 있는 서포터라
는 프로그램도 결국 조작이에요. 이미 저희만 해도 두 자리는 확보
하고 있는걸요. 벡센과 스타웨이 쪽은 얼마나 확보할지 모르지만, 다
합하면 절반은 되지 않을까요? 그 이상이 될 수도 있고요.

가장 핫하다는 서포터를 정면에서 저격하는 내용이다.
그런데 내용은 그것만이 아니었다.

-애초에 하성묵 PD는 스타로드K 할 때도 조작한 경험이 있는 사
람이고……. 뭐, 그때 제가 로비를 좀 했지요. 다 일반인이 나간 거
아니냐고요? 순진하시긴. 싹수 보이는 연습생들 한두 명 보낸 줄 알
아요? 데뷔보다는 홍보 목적이기는 했지만요. 애초에 그건 솔로 기
준으로 만들어진 프로그램인지라 진짜로 거기를 통해 데뷔시키는
건 무리였으니까. 로비요? 돈도 주고 술집도 모시고 가고……. PD만
데리고 가느냐고요? 그럴 리가 있나. 예능국장부터 부사장님, 사장
님까지 싹 다 모시고 가는데. 결제요? 요즘 누가 그런 데서 카드를
써요, 흔적 남게. 다 현금 결제하지. 뭐, 서포터에 열심히 투표하는
사람들한테는 미안하지만 이미 답은 정해져 있어요. 애들도 아냐고
요? 알죠. 거부하는 애들은 없냐고요? 그게 가능하겠습니까? 거부하
면 이 바닥에서는 무조건 퇴출인데. 다른 곳으로도 못 가요. 그러니

까 입 닥치고 그냥 데뷔하는 거지. 아니면 이 바닥을 떠야 하니까요. 다른 소속사에서도 안 받아 줄 테고. 그렇잖아요. 우리가 기회를 떠 먹여 주는데 못 한다고 하면 뒈져야지. 그런 애들 불러다가 '뒈질래 아니면 데뷔할래?'라고 한마디만 하면 다 알아서 고개 숙여요. 물론 우리가 떠먹여 주는 게 있으니 연예인 계약할 때 우리가 비율을 더 가지고 오는 건 당연한 거고. 지금? 아, 지금은 연습생 계약이지.

거기까지 떠들던 소리가 뚝 하고 멈췄다.

너무 열 받은 사장이 그걸 꺼 버린 것이다.

"너 지금 이게 대체 누가 한 말이라 생각하냐?"

하나같이 내부 정보들이다. 누군가가 단순히 상상만으로 주워섬길 없는 내용이다.

심지어 이 뒤에는 하성묵의 성추행 사실까지 들어 있다.

그 당사자가 아니면 절대 알 수 없는 내용들.

그런데 그게 녹화되어 있다.

즉, 당사자이거나, 그걸 들을 만큼 이 바닥에 아주 깊숙이 들어와 있는 사람이라는 거다.

"사, 사장님……."

그리고 그런 사람들 중에서 최소한 사장이 알고 있고, 저런 넥타이를 매고 다니며, 서포터라는 프로그램에 관여하고 있는 사람은 딱 한 명뿐이다.

바로 오지철.

"너…… 이 새끼……."

사장은 눈을 크게 떴고, 오지철은 그 시선을 마주하면서 부들부들 떨었다.

직감적으로 알 수 있었다.

자신은 좆되어 버렸다는 사실을.

⚖️

"그런데 이거 진짜 문제 될 게 없어?"

"뭐가?"

오광훈은 노형진에게 조심스럽게 물었다.

"아니, 사칭이라거나 조작이라거나 뭐 그런 거 말이야."

"일단은 말이지, 사칭은 안 돼."

촬영한 사람이 오지철이라고는 한마디도 한 적 없고, 그와 관련된 어떠한 제스처도 취한 적이 없다.

심지어 그가 크랭크에 다닌다든가 한 이야기도 한 적 없다.

"사칭이라는 건 그쪽과 관련이 있다고 스스로 이야기했을 때 성립되거든."

즉, 이번에 언론에 공개한 것은 사칭이 아니다.

"하지만 명예훼손이나 허위 사실 유포로 볼 수 있는 거 아냐?"

"그건 맞지. 하지만 이게 또 위법성이 조각돼요."

그가 한 말은 사실을 기반으로 한 이야기다.

룸살롱 이야기부터 내부의 비리, 순위 조작까지 말이다.

"일단 이게 사회적 고발이거든."

사실 사회적 고발이라고 하는 게 내부 고발만 있는 것은 아니다.

하지만 주로 내부 고발이 이루어지는 이유는, 내부자가 아니면 그걸 알 수 있는 방법이 없기 때문이다.

"하지만 외부에서 알 수 있는 방법이 전혀 없는 것도 아니지."

가령 당장 노형진이 운영하는 정보길드 같은 경우도 외부 고발이다.

포상금을 건 형태로 운영되고 있으나 현실적으로 그 고발을 통해 깨끗한 세상을 만드는 게 목적이니까.

"그 외부 고발은 범죄에 대한 고발이야. 그리고 그건 위법성조각사유에 해당되지."

당연하게도 경찰에서는 그걸 처벌할 수 없다.

"하지만 검찰에서는 조사한다고 난리던데?"

"뭐, 당연한 거 아냐?"

방송이 그렇게 썼는데 검찰은 안 썼을까?

당연히 검찰도 받아 처먹는다.

"생각해 봐라. 저런 짓이 10년은 이루어져 왔어. 그런데 아무도 그걸 몰랐을까? 빡쳐서 고발한 사람이 단 한 명도 없었을까?"

대표적인 경연 프로그램인 스타로드K는 벌써 몇 년을 운영해 왔고 시즌만 열 개를 넘었다.

그 안에서 조작이 없었을까?

당장 하성묵이 조작했다는 증언이 나왔는데?

"그런데 너도 알다시피 스타로드K에 출연한 사람들은 민간인이란 말이지."

애초에 데뷔 가능성도 그다지 높지 않았고, 데뷔하지 못한다고 해서 당장 생계에 지장이 오는 사람들도 아니다.

그들은 꿈을 위해 출연한 게 맞지만, 그렇다고 해서 방송국에 절대 매여 있는 것도 아니었다.

"연습생들과 입장이 좀 다르네."

"맞아. 연습생은 거절하는 순간 인생이 파멸하지만 그 사람들은 알 바 아니지."

그런 그들이 과연 성추행이나 조작을 알게 되었을 때 고발을 하지 않았을까?

"했겠군."

오광훈은 문제가 뭔지 알아차렸다.

1990년대에는 성추행을 당해도 여자들이 신고를 거의 못했다.

여자가 먼저 꼬신 거 아니냐고 헛소리하는 놈들이 가득했기 때문이다.

하지만 지금은?

성추행을 당한 여성이 신고하지 않는 경우는 드물다.

시대가 바뀌고 세대가 바뀌면서, 피해자가 잘못한 게 아니라 가해자가 범죄자라는 게 일반 상식이 되었기 때문이다.

"당연히 고발이 들어갔어. 그러면 그걸 누가 덮었겠어?"

"검찰하고 경찰이겠네."

검찰이 사건을 덮어야 한다.

"뻔하지, 뭐."

일단 고발자를 불러다가 '이거 명예훼손이 성립된다', '이러다 감옥에 갈 수 있다', '무고 고소가 들어오면 당신이 방송 제작비를 수십억 물어 줘야 한다.' 같은 식으로 협박 아닌 협박을 한다.

말로는 걱정해 주는 척하며 하는 소리지만, 사실은 협박을 통해 소를 취하하게 하기 위해서다.

실제로 이런 말을 하면 열 명 중 여덟 명은 고소를 포기한다.

일반인에게 경찰이나 검찰은 법률 전문가처럼 보이니까.

그렇다고 나머지 두 건이 진행되느냐? 그렇지 않다.

그 사건은 경찰과 검찰이 수사를 질질 끌면서 방송국에 귀띔해 준다.

그러면 방송국은 명예훼손과 허위 사실 유포 그리고 무고로 상대방을 압박한다.

그리고 법원에서는, 방송국에서 고소한 사건에 대해서는 피해자가 고소한 사건에 비해 완전 속전속결로 진행한다.

그러니까 피해자가 고소한 사건은 아직 경찰서에서 지지 부진하고 있는데 방송국의 고소 사건은 순식간에 검찰로 넘어가고, 검찰은 바로 구속영장을 청구한다.

한국에서 많은 사람들이 구속영장을 일종의 처벌로 생각하는데, 구속영장은 처벌이 아니다.

물론 진짜로 처벌받게 되면 구속된 기간이 거기에 산입되기는 하지만, 무죄로 풀려나도 그에 따른 배상은 별도로 없다.

당연히 법원 역시 한통속일 수밖에 없고, 고발자는 사회 고발을 했다는 이유로 뜬금없이 구속되어 감옥에 간다.

"일이 그쯤 되면 버틸 수 있는 사람은 없어."

대부분 그쯤에서 결국 포기하고 소송을 취하한다.

설사 버틴다 해도, 검찰에서 내용도 안 보고 '혐의 없음'이라는 한마디만 하면 아무 소용 없다.

한국 검찰은 공소권을 독점하고 있다.

이게 무슨 소리냐면, 국가 반역 사태가 벌어지거나 한 3천 명쯤 죽이는 대학살이 벌어져도 검찰에서 공소하지 않겠다고 해 버리면 실제로 처벌이 불가능하다는 것이다.

그렇다고 해서 인터넷에 공개한다?

애석하게도 인터넷에서는 명확한 증거가 없는 한 대부분 분탕 종자나 관심 종자 취급이다.

더군다나 대상이 경연 프로그램인지라 거기서 떨어진 놈이 분탕 친다는 말 한마디면 대부분 수긍하기 때문에 거의 효과가 없다.

"그래서 내가 복수재단 명의로 공개한 거야."

인터넷의 복수재단 채널은 고정 독자가 어마어마하다.

다른 곳에서 공개한다면 효과가 없지만 복수재단이다. 돈을 내지 못한 놈들의 범죄를 계속 공개해 왔고, 그런 범죄자들을 찾아내고 견제하기 위해 국민들은 복수재단의 채널을 많이 구독해 왔다.

"인터넷의 복수재단으로 공개했으니까 이건 덮을 수도 없지."

복수재단이라는 공신력을 얻은 셈이니까.

결국 검사는 사건을 덮어야 한다.

그러니 수사할 수밖에.

"하지만 쉽지는 않을 거야."

복수재단의 경우에는 기본적으로 외부 단체인 정보길드에서 증언과 증거를 사 온다.

그런데 그 정보길드는 한국의 기업이 아니다.

그렇다 보니 복수재단을 불러서 아무리 조사하고 어르고 달랜다고 해도 진행되는 건 아무것도 없다.

"그런데 외부의 단체인 정보길드 같은 경우는 어떻게 수사 협조 요청조차 못 하니까."

무슨 강력 범죄도 아니고, 해외에 협조를 요청할 수는 없다.

범죄를 은폐하기 위해 해외 단체에 대한 조사를 요청할 수는 없는 노릇 아닌가?

"그러면 소용이 없는 건가?"

"소용이 없지. 그러니까⋯⋯."

노형진은 씩 하고 미소 지었다.

"내가 마법을 하나 보여 줄게."

"마법?"

"그래, 후후후, 마법. 이제 지금부터 검찰과 경찰은 이 조작 사건을 미친 듯이 까기 시작할 거야. 짜잔."

⚖

−수사요? 그딴 거 해 봐야 의미 없어요.

노형진은 이미 그들이 조사를 시작할 걸 알고 있었다.

그랬기에 미리 만들어 둔 자료가 있었다.

하지만 그걸 공개하지는 않았다.

왜냐하면 그랬다가는 관심도가 갈라지기 때문이다.

하지만 시간이 좀 지난 지금은 그런 문제가 전혀 없다.

—고발이 뭐 한두 번 들어간 것도 아니고, 다 덮는 수가 있어요. 검사들이야 동료에 가깝죠. 알아서 다 수습해 주니까.

오지철과 똑같은 복장을 한 남자의 또 다른 인터뷰.
그게 공개되자 분위기는 이루 말할 수 없이 살벌해졌다.

—가끔은 검사님들이 먼저 연락해요. '어디 나오는 누구 괜찮더라.' 하고. 이게 무슨 소리냐? 데리고 오라는 거지요. 뭐, 급이 너무 높으면 못 데려가지만 급 낮은 애들은 데리고 갈 수 있죠. 네? 그 서포터에 나오는 애들요? 아주 전화통에 불나죠. 이게 좋은 게 뭐냐면, 일단 연습생이잖아요. 우리가 시키는 대로 할 수밖에 없거든요. 그러니까 일단 방송에 내보내서 얼굴이라도 한번 보이면 몸값이 확 올라요. 데뷔요? 그건 못 해도 그만이죠. 데뷔 못 하고 사라지는 애들이 한둘도 아니고. 그런 애들을 쉽게 말해서 로비용으로 쓰는 거예요. 경찰이고 검찰이고, 얼굴 좀 팔린 애들은 인정해 주는 편이니까. 그러다 스폰 하나 잡으면 좋은 거고 아니면 뭐, 나가리 되는 거고.

어깨를 으쓱하며 말하는 남자의 동영상이 끝나자 오지철은 머리를 부여잡았다.
"씨발…… 망했다."

안 그래도 의심받고 있는 상황이다.

자신이 아니라고 주장하면서 어떻게 지금까지 버티고 있지만, 이미 회사 내부에서는 그를 내부 고발자로 특정하고 모든 업무에서 배제한 상황이었다.

"저 새끼는 도대체……."

자신과 완벽하게 똑같은 사람이다.

심지어 말하는 순간순간의 버릇조차도 똑같았다.

당연하다. 노형진이 그가 접대할 때 같이 있던 여자들에게 확인한 거니까.

이런 인터뷰까지 나왔으니 이제 문제가 심각하게 될 것이다.

"저기…… 실장님……."

그 순간 문을 빼꼼하게 여는 직원.

그는 걱정스러운 표정으로 오지철에게 말을 꺼냈다.

"사장님이 당장 들어오시라고……."

"사장님이? 인터폰은 어쩌시고?"

"그게…… 박살이 났다는데요?"

"으윽."

화를 못 이긴 사장이 때려 부순 게 뻔하다.

그리고 이다음은…….

'망했다.'

오지철은 입술을 깨물었다.

검찰은 완전히 뒤집어졌다.

그들은 자신들에게 뒤집어씌워진 것은 오해라고 주장하면서, 거기서 벗어나기 위해 조사를 시작했다.

"영장이다! 문 열어!"

당연히 그 방법은 의심되는 대상.

정확하게는 로비한 것으로 의심되는 대상들, 크랭크와 벡센 그리고 스타웨이에 대한 압수수색이었다.

"잠깐만요, 검사님. 이건 뭔가 오해가 있는 겁니다."

백센의 사장은 다급하게 검사를 막아서며 수사를 막으려고 했다.

하지만 그럴 수가 없었다.

전이라면 적당히 시간만 끌고 나갔을 테지만 이번에는 사건이 너무 커진 데다가 기자들이 과거와 다르게 미친 듯이 물어뜯고 있었다.

스타웨이에 압수수색을 갔던 팀이 압수수색은 안 하고 연습생들 사진이나 보며 거기 직원들과 품평이나 하던 것이 새어 나가면서, 인터넷상의 여론이 완전히 개판이 된 것.

문제는 그 인터넷상의 증언을 검사들, 정확하게는 일선의 하급 검사들조차도 믿고 있다는 것이다.

'씨발, 이게 뭐야? 누구는 사고 치고 누구는 수습하고.'

그저 시키는 대로 내려와서 압수수색영장을 집행하면 그만인 하급 검사들로서는 증언에서 언급된 검사가 상급 검사들이라고 생각할 수밖에 없기 때문이다.

사실 검사들, 특히 상급 검사들이 접대받는 거야 하루 이틀 문제도 아닌 만큼 누구도 그걸 믿지 않을 수가 없었다.

"야! 들어내! 모조리 들어내!"

"검사님, 제발."

"웃기는 소리 하지 마. 세상이 만만해 보였지? 돈 좀 처바르면 다 넘어갈 줄 알았어?"

검사는 눈을 부라렸다.

"검사님, 여기 문 잠겼는데요?"

"부숴!"

"검사님!"

갑작스러운 압수수색에 벡셴의 사장은 제대로 저항하지도 못한 채 속절없이 털려야 했다.

당연히 문은 힘없이 열렸고 그 안에서는 금고가 나왔다.

"검사님."

"이거 따시죠."

"아…… 안 됩니다."

"좋은 말로 할 때 따세요."

"절대 안 됩니다."

"하아."

검사는 한숨을 푹 쉬었다.

그리고 다른 직원들에게 손짓했다.

"이거 벽에 고정되는 식이지?"

"그렇습니다."

"벽 부숴. 그리고 옆쪽이나 뒤쪽으로 용접 구멍 뚫어서 내용물 꺼내."

"시간이 좀 걸릴 텐데요."

"시간? 어차피 통째로 가지고 가서 뜯을 거니까 상관없어. 부숴."

그 말을 들은 사장의 얼굴은 사색이 되었다.

⚖

　-애들 너무 불쌍해.

　-와, 씨발. 이거 사실이냐? 눈물 흘려 가면서 고생하는 애들을 이런 식으로 취급해?

　-불쌍하기는 개뿔. 그 애들도 붙어먹은 거잖아.

　-넌 증언도 못 들었냐? 애들이 저항할 힘이 없다잖아.

경연 프로그램 조작. 그 조작에 대해서는 이야기가 어마어마하게 많아질 수밖에 없었다.

더군다나 크랭크와 벡센 그리고 스타웨이가 압수수색을

당하면서 조작했다는 증거가 진짜로 나오자 상황은 더더욱
악화되었다.

　　―접대할 때 1회 평균 300만 원? 실화냐?

　　―이것도 돈은 빼고 술값만 계산한 거지.

　　―계집질값이겠지. 뭐, 술 마실 때마다 고상한 와인을 마신 것도
아니고.

　　―이거 인정.

　　―PD 죽이자! 그 새끼가 내 여신님을 음탕한 눈빛으로 바라본 걸
생각만 해도 아주 소름 돋는다.

　　부들부들 떠는 사람들.

　　그리고 분노하는 여론.

　　물론 이럴 때는 다 그걸 주워 먹는 사람들이 있기 마련이
다.

　　"우리 엔터테인먼트조합에서 그들을 흡수하지요."

　　"우리 조합에서요?"

　　"네."

　　서포터는 결국 방송이 중지되었다.

　　현실적으로 서포터의 핵심은 공정성이다. 그런데 그게 박
살이 난 상황에서 꾸역꾸역 이어 간다 한들 누가 믿겠는가?

　　서포터를 제작한 방송국에서는 어떻게 해서든 PD만 자르

는 선에서 해결하려고 했지만 증언에서 사장까지 로비가 이어졌다는 게 드러난 터라 방송을 이어 갈 수가 없었다.

"이제 연습생들은 상황이 묘해졌거든요."

그나마 원래 엔터테인먼트조합에 속한 애들은 문제 될 게 없다.

조작의 대상도 아니었고, 조작을 한다는 것도 몰랐으니까.

"하지만 그렇지 않은 애들이 문제가 될 겁니다."

현실적으로 조작에 참가한 3대 기획사뿐만 아니라 다른 곳들도 의심의 눈초리를 피하지 못하는 상황이다.

"그들을 우리가 흡수하는 겁니다."

"하지만 그러면 우리가 문제가 되지 않겠습니까?"

좀 잔인한 말이지만 아이돌은 상품이다.

이미 흠집이 난 상품을 대신 받아 준다는 것은 상당히 위험한 결정이다.

"아닙니다. 그런 문제는 없을 겁니다."

노형진은 그걸 알기에 처음부터 그 아이들을 철저하게 피해자로 만들었다.

가해자라고 볼 수도 있지만, 강제로 그런 상황에 처한 애들에게 낙인이 찍히지 않게 하기 위해서였다.

'더군다나 답이 나와 있지 않은 상황이란 말이지.'

만일 회귀 전처럼 답이 나왔고, 그로 인해 인기를 얻고 성공했다면 욕을 먹을지 모른다.

하지만 이제 시작이고 당연히 어떠한 답도 없는 상황.

그런 상황에서는 그 애들은 철저하게 피해자가 될 뿐이다.

"그러니 그 애들을 데리고 와서 우리가 데뷔시킬 수 있습니다. 더군다나 그 애들이 실력이 나쁘지 않은 건 사실이지 않습니까?"

"그건 그렇지요."

좀 잔인하게 말하면 엔터테인먼트조합 내부의 회사에 속한 연습생들의 실력은 많이 부족한 것이 사실이다.

현실적으로 대부분이 작은 회사들이고, 그들은 많아 봐야 연습생 서너 명 커버하는 게 한계다.

조합에 속하지 않고 바깥에서 따로 활동한다는 것 자체가 둘 중 하나다. 사기꾼이든가, 아니면 대형이라서 도움이 필요 없든가.

"현실적으로 말하면, 대형 소속사에 속한 애들이 실력이 좋은 건 당연한 겁니다."

연습실도 전담으로 쓰고 지원의 수준도 다르다.

당연히 연습생을 지원하는 애들도 일단 대형 소속사를 돌고 나서 자리가 없으면 엔터테인먼트조합으로 오는 코스를 밟는다.

물론 엔터테인먼트조합에 속한 애들이라고 해서 다들 실력이 부족한 것은 아니다.

하지만 객관적으로 외부 연습생 출신들의 실력이 더 높은 것은 사실이다.

"이번 사건으로 크랭크와 벡센 그리고 스타웨이는 치명적인 타격을 입었습니다. 자발적으로 나오는 애들도 있을 테고, 그들이 약해지면서 지원이 끊긴 애들도 있을 겁니다."

노형진은 그들을 여기서 받아들일 계획이었다.

"하지만…… 문제가 있습니다."

누군가 손을 번쩍 들고는 말했다.

"연습생을 구제한다면 그건 좋은 생각입니다. 아이들이 잘못한 것은 아니니까요. 하지만 현실적으로 말해서 말입니다, 그 애들이 다 데뷔할 수는 없지 않습니까? 창구가 한정되어 있단 말입니다. 지금 우리 애들도 창구가 없어서 연습생만 하다가 나가는 경우가 수두룩합니다. 그런데 그런 애들까지 케어해 주려면 창구가 너무 부족합니다."

"그 부분에 대해서는 제가 이미 해결책을 만들어 놨습니다."

노형진은 자신 있게 말했다.

⚖

"경연 프로그램?"

"네. 이참에 인터넷 방송국을 통해 만드는 겁니다."

"으음…… 하지만 그건 전문 방송국이 있지 않나?"

"전문 방송국이 있었다는 표현이 맞을 겁니다."

검찰의 수사는 사정없이 몰아치고 있었다.

소속사의 사장뿐 아니라 방송국의 예능국장까지 구속되면서 일은 걷잡을 수 없이 커졌다.

수년간의 조작이 한꺼번에 드러나면서, 그들의 신빙성에 치명타가 들어가고 있었다.

특히나 하성묵 같은 경우는 민간인 출연자에게 대놓고 성상납을 요구한 기록이 나오면서 결국 인생이 박살 났다.

"현실적으로 말하면 이 상황에서 그들이 재기할 가능성은 낮습니다. 설사 재기한다 해도, 못해도 3년은 걸릴 겁니다."

해당 방송국은 몇 년간 경연 프로그램으로 제법 인기를 끌었고 경연 프로그램을 통해 입지를 다진 곳이었다.

"하지만 이제는 그 입지마저도 불안해진 상태죠. 좀 독하게 말하면, 방송국 허가가 취소될 수도 있는 상황입니다."

"방송국 허가…… 아, 그러고 보니……."

노형진의 말에 유민택이 피식 웃었다.

"요즘 그 방송국의 허가를 취소해 달라는 인터넷 여론이 들끓고 있더군."

"몇 년을 국민을 속이고 돈을 뜯어먹은 셈이니까요."

노형진은 그걸 알기에 그들을 가만둘 생각이 없었다.

"어찌 되었건 경연이라는 부분은 현실적으로 무주공산이 되어 버렸습니다."

"흠…… 하지만 우리 인터넷 방송국은 안 그렇지."

사실 대룡의 인터넷 방송국의 프로그램은 경연이지만 기존의 것과는 조금 달랐다.

그 방송국 프로그램이 탈락자는 아무것도 없는 나가리가 되는 거라면, 대룡 인터넷 방송국은 탈락한다고 해도 한 지역에 기반을 만들어서 재기할 수 있는 환경을 만들어 주고 지역 행사에서 적극적으로 활동할 수 있게 함으로써 크게 성공은 못해도 실력이 있다면 나름 이름을 알릴 수 있는 시스템을 만들어 놨기 때문이다.

"그런데 전자의 방식은 잔인하지만 긴장감이 있고, 후자의 방식은 아무래도 긴장감이 떨어지지요."

"그건 그렇지."

그러나 양쪽 다 똑같은 경연이니 당연하게도 비슷한 부분이 있다.

"반대로 말하면 우리가 선점을 한다면 경연 프로그램에 관해서는 압도적인 지지를 얻을 수 있다는 거죠."

특히나 대룡의 인터넷 방송국은 그동안 단 한 번도 그런 조작의 구설수에 올라간 적이 없다.

즉, 다른 곳과 다르게 이런 문제로 시끄러울 일이 없다는 것이다.

"그러니까 우리가 그걸 독점하자?"

"네. 거기에다가 우리는 지역별 엔터테인먼트라는 게 가능하니까…….”

쉽게 말해서 경연에서 떨어졌다고 해도 아예 끝이 아니라, 성격이 맞는 아이들이 뭉쳐서 자체적으로 그룹을 만들면 그걸 커버해 줄 수도 있다.

“확실히 군침이 당기긴 하는데.”

“어차피 판매할 콘텐츠가 필요하기도 하지 않습니까?”

“그건 그렇지.”

중국과 일본에 막대한 콘텐츠 판매가 이루어지면서 인터넷 방송국의 콘텐츠 부족 현상은 상당히 심한 편이었다.

물론 지금까지 많은 사람들을 데리고 왔지만 출연자들을 구하는 게 쉽지 않았던 것이다.

방송국에서 인터넷 방송국 출신을 자꾸 출연시키지 않으려는 성향이 강했기 때문이다.

‘하지만 그것도 얼마 못 가.’

실제로 원래 수많은 경연 프로그램이 난립할 때 다른 방송국 경연 프로그램 출신은 방송 출연도 안 시켜 주는 게 불문율이었다.

‘하지만 그건 언제나 그랬지.’

종편이 생길 때는 종편을 견제하고, 인터넷 방송이 생길 때는 인터넷 방송을 견제하는 게 정상이니까.

미래에 인터넷 전용 영화가 생길 때 기존 영화계에서는 극도로 견제하면서 상품성을 깎아내렸지만, 결국에는 인정할 수밖에 없었다. 인터넷에서 상영한다고 해서 상품성이 없는 것은 아니며 도리어 접근이 더 쉽기 때문에 더 가치가 있다는 걸.

"새로운 매체에 대한 견제는 결국 오래가지 못합니다. 화가들은 사진이 생겼을 때 사진에 영혼이 없다고 했고, 사진사들은 영화가 처음 생겼을 때 영화에 영혼이 없다고 했지요."

결국 새로운 것이 받아들여지는 것은 막을 수 없는 일이다.

"그러니 우리가 먼저 먹자?"

"그렇습니다."

"그렇게 하지. 어차피 기자재는 있으니까."

물론 지금까지 촬영하던 것과 다르게 규모가 좀 커지기는 하겠지만 엄두도 못 낼 정도는 아니다.

"그러면 아이들에 대한 구원은 그 정도로 끝낼 수 있겠네요."

"하지만 자네가 그 정도로 끝낼 것 같지는 않은데?"

유민택은 노형진에 대해 잘 안다.

일벌백계. 그게 노형진의 스타일이다.

"맞습니다. 이번에 아주 저쪽을 작살내 줄 생각입니다. 후후후."

대국민 전쟁이냐?

하성묵이 체포되고 방송국이 작살날 때, 오지철은 하루가 멀다 하고 검찰에 불려 갔다.

"하아."

오지철은 미치고 팔짝 뛸 상황이었다.

자신이 아니라고 몇 번이나 이야기했지만 누구도 그 말을 믿어 주지 않았기 때문이다.

검찰에서는 자신들의 과오를 덮기 위해 조작 사건에 대해 파고들기 시작했지만, 그렇다고 해서 자신들을 고발한 내부 고발자를 가만둘 생각도 없었다.

그랬기에 어떻게 해서든 그를 엮기 위해 눈에 불을 켜고 달려들었다.

"오지철 씨?"

노형진은 그런 그에게 접근했다.

경찰서에서 나오는 오지철을 만나는 것은 어려운 일이 아니었다.

"누구십니까?"

"노형진 변호사라고 합니다."

"저는 이미 다른 변호사를 선임했습니다."

노형진은 피식 웃으며 말했다.

"선임해 달라고 온 게 아닙니다. 이번에 돈을 안 받아 가셨더군요."

"돈요? 무슨 돈요?"

"내부 고발에 대한 돈 말입니다. 이번에 서포터와 검찰에 대한 고발을 하신 건의……."

순간 오지철은 얼굴이 시뻘게져서 노형진의 멱살을 잡아 올렸다.

"네가 범인이었냐!"

"제가 뭘요? 전 아무런 짓도 안 했습니다만?"

"이 개새끼!"

"말조심하세요. 여기 경찰서 앞입니다. 혹시 현행범으로 잡혀 들어가고 싶으신 게 아니라면요. 여기서 현행범으로 들어가면 바로 구속이라는 거 아시죠? 찍혀 있는 거 아실 텐데, 몸을 사리셔야지요. 제가 여기서 소리 좀 지를까요?"

"망할 자식……."

아니나 다를까, 경비를 서던 경찰이 다가오는 게 보였다. 오지철은 이를 빠드득 갈면서 손을 놨다.

노형진은 다가오는 경찰에게 괜찮다는 듯 손을 들었다.

그러자 경찰은 발길을 돌려 자기 자리로 돌아갔지만, 그렇다고 해서 이쪽에서 아주 시선을 뗀 것도 아니었다.

"잠깐 이야기를 좀 나눠 볼까요?"

노형진의 말에 오지철은 눈을 찡그렸다.

잠시 후 그들은 작은 커피숍에 마주 앉았다.

"뭘 원하는 겁니까?"

"말 그대로입니다. 이번에 고발하신 비용을 안 받아 가셔서, 그에 대해 연락드리려고 잠깐 뵙자고 한 겁니다."

"뭐요? 난 안 했다니까요!"

"저야 모르죠. 저는 변호사입니다. 그쪽에서 오지철 씨가 돈을 받아 가지 않았다고 연락을 해 왔기 때문에 이렇게 찾아뵌 것뿐이지요."

"미치겠네, 진짜. 난 안 했다니까요."

"음…… 무슨 사정이 있으신 모양인데, 그러면 포기하는 걸로 보고서를 올리겠습니다. 아깝네요. 적지 않은 돈인데."

노형진은 어깨를 으쓱하면서 일어났다.

그러자 오지철이 움찔했다.

적지 않은 돈.

안 그래도 인생이 파멸로 몰린 상황에서 마치 설탕처럼 달콤하게 느껴지는 말이었다.

"그 돈이 얼마인데요?"

"제가 듣기로는 3억 2천입니다."

오지철은 귀가 번뜩 뜨이는 것을 느꼈다.

"3억 2천요?"

"네. 그런데 뭐, 포기하신다고 하니 저도 방법이 없네요."

노형진은 마치 어쩔 수 없다는 듯 어깨를 으쓱해 보이고는 나가려고 했다.

그런 노형진을 오지철이 다급하게 잡았다.

"그 돈, 진짜로 줄 수 있는 겁니까?"

"내부 고발하실 때 설명 못 들으셨습니까? 그건 범죄에 대한 합리적인 고발 대가입니다. 그런 돈을 고발자가 받는 거야 당연하지요."

물론 거짓말이다.

그 돈은 노형진이 주는 거다.

하지만 조금도 아깝지 않았다.

그 돈으로 미래의 수백 명을 살릴 수 있을 테니까.

"진짜로 준다고요?"

"그렇습니다. 내부 고발자의 당연한 권리입니다."

순간 오지철의 눈빛이 떨렸다.

그게 자기가 한 일인지 아닌지 누구보다 잘 아는 건 결국 본인이다.

그런데 상대방이 돈을 받아 가라고 한다.

그 말은 그 상대방이 그걸 조작했다는 건데…….

'씨발…….'

내가 한 일이 아니니 돈도 받지 않겠다고 하자니, 인생은 이미 박살이 난 상황이다.

하지만 그 돈을 받는 순간 자신이 내부 고발을 했다고 인정하는 꼴이 된다.

"나는 안 했단 말입니다."

"글쎄요, 그렇게 주장하신다면 그런 거겠지요. 하지만 사람들이 그걸 믿어 줄지는 전혀 다른 문제 아니겠습니까?"

노형진은 어깨를 으쓱하며 말했다.

오지철은 긴 한숨을 내쉬었다.

'맞는 말이야.'

아무리 내가 한 일이 아니라고 해도, 믿어 주는 사람은 단 한 명도 없었다.

그가 그 돈을 받지 않는다? 그래 봤자 뭐가 바뀐단 말인가?

검찰에서 그를 그냥 둘까?

회사에서 그가 재기할 수 있게 해 줄까?

아니다. 그 무엇도 불가능하다.

그들은 이미 오지철의 파멸만을 위해 빠르게 움직이고 있다.

"그런데 말입니다."

노형진은 여기서 좀 더 큰 사탕을 던졌다.

"보아하니 검찰과 경찰에게 보복당하시는 것 같던데요."

"끄응……."

"내부 고발자에 대한 보복은 불법입니다. 모르셨습니까?"

"네?"

"내부 고발자에 대한 보복은 불법입니다. 그런데 왜 그냥 당하기만 하시는 건가요?"

겉으로 보면 순수하게 궁금해서 묻는 것 같다.

하지만 그 말이 의미하는 것은 좀 달랐다.

'보복에서 보호해 주겠다. 단, 내부 고발을 인정하면.'

실제로 경찰과 검찰이 보복할 수 있는 가장 큰 이유는 그가 내부 고발을 인정하지 않고 있기 때문이다.

만일 그가 내부 고발을 인정하면 그때부터 그는 내부 고발자로서 보호를 받는다.

그러나 인정하지 않기 때문에 보복도 가능한 것이다.

"아……."

오지철은 아차 싶었다.

지금 그가 처한 상황은 누가 봐도 내부 고발자에 대한 보복이다.

그가 인정하든 하지 않든, 바뀌는 것은 없었다.

그렇다면 그가 자신을 지키기 위해 쓸 수 있는 가장 좋은 방법은 뭘까?

"진짜로 절 보호해 줄 수 있습니까?"

"당연히 가능하지요. 의뢰만 해 주신다면요."

"후우……."

결국 답은 나왔다.

그나마 돈을 벌고 보호받기 위해서는 내부 고발자라는 걸 인정해야 한다는 것.

'황당하구만.'

자신이 하지 않은 것에 대해 인정해야 하는 오지철은 어이가 없었다.

하지만 그 모든 걸 설계한 노형진은 속으로 웃음을 삼켰다.

'결국 부정할수록 더 처절하게 몰락할 수밖에 없으니까.'

부정할수록 그를 보호할 방법은 없고 더 강한 보복이 들어올 것이다.

그리고 그때에 접근해서 그를 포섭하여 진짜 내부 고발자로 만드는 것이 노형진의 계획이었다.

가짜를 내세워서 할 수 있는 내부 고발은 한계가 있다. 하지만 오지철이 진짜 나서는 순간, 상황은 달라진다.

"사실은 제가 내부 고발자입니다."

오지철은 인정하기로 했다.

살기 위해서는 다른 선택지가 없었다.

"그런데 왜 지금까지 부정하신 겁니까?"

"가능하면 그냥 평범한 삶을 살고 싶었습니다."

오지철은 뻔한 거짓말을 했다.

'그래, 이런 타입은 진실하고는 거리가 멀지.'

자기가 살기 위해서는 결국 거짓말을 선택할 사람이다.

"그러면 차라리 공격적으로 나가세요."

"공격적으로 나가라고요?"

"저쪽에서 보복을 못 하도록, 대중에게 오지철 씨의 존재를 알려 드리는 겁니다. 지금 대중은 오지철 씨를 모릅니다. 대부분의 내부 고발의 보복은 상대방이 알려지지 않았기 때문에 시작됩니다."

"아!"

유명해지면 그만큼 보복하기 힘들어지는 게 당연한 일이다.

그리고 그럴수록 오지철은 더 안전해진다.

"혹시…… 도와주실 수 있습니까?"

"얼마든지요. 저는 변호사입니다. 말씀드렸다시피 의뢰받으면 무슨 일이든 합니다."

설사 그게 조작이라고 해도 말이다.

–안녕하십니까. 저는 오지철이라고 합니다.

오지철의 인터넷 방송. 그건 어마어마한 파란을 일으켰다.
지금까지 이 정도의 내부 고발을 한 게 누군지 알려지지
않았으니까.

하지만 그가 얼굴을 내놓는 순간 상황은 달라졌다.

–저는 이번 서포터와 관련된 내부 고발을 한 사람입니다. 저도 자
식이 있는 아버지로서 수많은 아이들이 꿈을 위해 뛰는 것을 지지해
왔습니다. 그렇게 크랭크의 실장 자리까지 올라갔습니다. 하지만 어
느 사이엔가 제가 아는 크랭크는 사라졌습니다. 지금의 크랭크는 과
거의 크랭크가 아닙니다. 꿈을 위한 지지가 아니라, 돈만이 중요한
곳이 되었습니다. 그곳에서 저는 접대를 담당했습니다. 그래도 어쩔
수 없다고 생각하고 지금까지 살아왔습니다. 우리 아이들에게 기회
를 주는 거라고, 스스로에게 변명하면서 살아왔습니다. 하지만 서포
터에서 알았습니다. 꿈을 위해 뛰는 아이들은 우리 아이들만이 아니
었고, 그곳에서 눈물을 흘리는 아이들 역시 우리의 미래라는 것을
말입니다. 그래서 내부 고발을 하기로 했습니다. 하지만 저 역시 가
정이 있는 사람이었기에 어쩔 수 없이 익명으로 내부 고발을 진행했
습니다. 그런데 사내에서 지독한 내부 고발 색출이 일어났고, 저는

현재 명예훼손과 허위 사실 유포 등으로 고발당한 상황입니다. 검찰에서는 내부 고발을 했다는 이유로 저를 범죄자 취급하고 있습니다. 물론 예상했던 일입니다. 그러나 저는 후회하지 않습니다. 제가 그 선택을 함으로써 수많은 아이들의 미래를 구하게 된 거라고 생각합니다. 그러나 그들의 보복은 너무나 강하기 때문에 저뿐만 아니라 제 가족들조차도 고통받고 있습니다. 이에 저는 제 얼굴을 공개하기로 했습니다. 어차피 색출되어서 보호를 받지 못하는 상황이니까요. 그리고 그와 관련된 다른 내부 고발도 진행하겠습니다.

　지금까지와는 다른, 얼굴을 깐 내부 고발.
　얼굴을 공개하는 것과 공개하지 못하는 것은 그 파급력이 다르다.
　만일 얼굴을 공개하지 않았다면 조작이라는 말을 할 수도 있지만, 얼굴을 공개한 것은 자기 인생을 건다는 의미도 있기 때문에 조작이라고 몰아붙일 수도 없다.

　─미친놈들.
　─한국에서 뭘 바라? 역시 헬조선.
　─내부 고발자들은 진짜 보복 엄청 당함.

　그리고 그 파급력은 어마어마했다.
　오지철은 노형진이 모르던 내부 고발까지 진행했고, 안 그래도 욕을 바가지로 먹던 검찰은 내부 고발에 대한 보복이라는 사실이 드러나자 다급하게 사건을 혐의 없음으로 끝내야 했다.

현행법상에도 내부 고발에 대한 형사처벌은 위법이니까.

그리고 그건 새로운 사건을 불러왔다.

—다시 고발한다. 나도 협박당해서 고소 취하했는데, 씨발, 이번에는 끝까지 간다. 하성묵 저 새끼가 나보고 천만 원만 빌려 달라더라. 나 그때 방송 출연 중이었다.

—저는 성희롱당했어요. 메시지, 아직도 가지고 있습니다.

—저는 PD가 욕하기에 하지 말라고 했습니다. 그러자 다음 날부터 제 출연분이 싹 지워지더군요.

그동안 감춰져 있던, 그리고 검찰과 경찰에 의해 무마되어 왔던 모든 사건들이 한꺼번에 터져 나오기 시작했다.

방송국과 검찰은 이를 무마하기 위해 갖은 노력을 다했지만 이미 노형진 때문에 신뢰를 잃은 그들이 할 수 있는 일은 없었다.

그리고 악몽이 시작되었다.

—새론에서는 그 당시 검찰과 경찰을 업무상 배임으로 고발하고자 합니다. 그러니 혹시나 경찰과 검찰에게 고발을 넣었음에도 불구

하고 강제로 취소되었거나 이유 없이 고소 고발되었던 분들은 모두 연락 주시기 바랍니다.

어차피 정권과 척지면서 경찰과 검찰과는 같이 갈 수가 없는 상황이 되어 버렸다.

최소한 그들 내부의 상층부를 바꾸기 전에는 말이다.

그리고 그런 식으로 협박했다는 것 자체가 기본적으로 부패한 사람이라는 걸 의미하기에, 새론의 보복은 무섭게 몰아붙여졌다.

⚖️

"저희도 지금 무고죄로 고소가 되었습니다."

크랭크와 벡센 그리고 스타웨이의 대표들은 모여서 사건을 해결하기 위해 노력했다.

하지만 마땅한 방법이 없었다.

"새론에서 넣은 무고 건만 해도 무려 쉰 개가 넘습니다."

내부 고발이 조금이라도 들어가면 일단 가짜 고소로 입을 틀어막는 게 버릇이었기에, 그게 다 거짓이라고 드러난 이상 무고죄의 무고로 고소당하는 사태가 벌어질 수밖에 없었던 것.

"오지철 그놈은 뭐랍니까?"

"우리가 통제할 수 있는 상황이 아닙니다. 아주 그냥 돌아

섰습니다. 우리가 한 모든 것에 대해 고발 중입니다."

그중에서 크랭크의 타격이 가장 컸다.

오지철이 아주 작심하고 온갖 비리를 다 까발리고 있었기 때문이다.

"제발 우리 회사에 오지 좀 말라고 하세요."

"우리 회사에도요."

"요즘 아주 피가 마릅니다."

벡셀과 스타웨이의 사장도 속이 편한 건 아니었다. 오지철이 두 회사 앞에서 1인 시위를 시작했기 때문이다.

그건 내부 사람들에게 큰 타격을 주고 있는데, 문제는 돈이었다.

"이 미친놈이 시위를 할 거면 평범하게 할 것이지."

시위 내용이 '진실을 밝히자' 또는 '정의를 지키자'라면 불편해도 참을 수는 있다.

그런데 시위 내용이 너무 황당했다.

나 내부 고발로 포상금 3억 2천 받았다. 나가리 될 것 같으면 같이 챙기자.

누가 봐도 미친놈의 미친 소리 같지만, 당하는 사람 입장에서는 돌아 버릴 지경이었다.

"차라리 정의를 지키자고 하는 게 속 편하지, 이게 무슨 지랄 같은 경우인지."

그런 경우라면 직원들을 모아 두고 강하게 압박하면서 흔들리지 말라고, 나가 봐야 좋을 거 없다고 겁을 주면 된다.

"그런데 나가면 수억을 받을 수 있다고 하니 상황이 어떤지 압니까? 채찍질은 꿈도 못 꿔요."

겁을 주거나 압박하지는 못한다.

수틀리면 나갈 테니까 결국 사탕만 줘야 하는데, 상대방이 받은 사탕값이 너무 비싸다.

"이번 달에 보너스가 얼마나 나갔는지 아십니까? 300% 나갔어요! 300%!"

어떻게 해서든 사탕으로 직원을 붙잡아야 하다 보니 할 수 있는 게 보너스 지급뿐이었던 것.

"거기에다 누구 한 명 그만둔다는 이야기가 나올 때마다 온 직원이 발칵 뒤집어집니다."

얼마 전에도 홍보 팀에서 한 명이 개인 사정으로 그만둔다는 소리가 나오자 과장에서부터 부장, 이사, 사장까지 매달려서 잡아야 했다, 나가서 내부 고발할까 봐.

당연히 그 과정에서 연봉을 새로 조정해야 했고, 그 소문을 들은 다른 직원들 역시 툭하면 그만둔다는 소리를 던져 댔다.

"피가 바짝바짝 말라요."

안 그래도 조작이라는 이미지 때문에 죽을 맛이었다.

평소에 벌레만도 못하게 보던 부하 직원들에게 읍소까지 해 가면서 빌어야 하니 자괴감이 들 정도였다.

"내가 이러려고 연예 기획사를 만들었나 자괴감이 든단 말입니다."

"일단은 증거가 너무 확실하니 사과하는 수밖에 없습니다."

"꼬리 자르기는 무리겠지요?"

"그게 될 리가 없지요."

상황이 멀쩡하다면 꼬리 자르기가 가능할지도 모른다.

그러나 상황이 좋지 않았다.

보통 꼬리 자르기를 하려면 실장급에서 한 명 쳐 내야 하는데, 오지철이 받았다는 3억 2천이 문제였다.

꼬리를 자르려면 그 이상, 그것도 최소 50% 이상은 더 줘야 입 닥치고 감옥에 갈 텐데, 그러면 재정에서 티가 날 수밖에 없다.

그렇다고 그들이 가지고 있는 현금으로 줄 수 있는 것도 아니고 말이다.

사실 그 1인 시위도 노형진이 시킨 거라는 걸 알면 그들은 아마 노형진을 죽이고 싶을 것이다.

노형진은 약점이 정확하게 어디인지 알고 그걸 노린 것이다.

사회적으로 연예 기획사의 업무는 강도는 높고 임금은 낮은 걸로 유명하다.

그래도 큰 거 한 방을 노리면서 하는 게 연예 기획사다.

아이들이 스타를 노린다면, 거기서 일하는 사람들은 그들을 거느린 실장을 노린다.

한 명만 띄우면 억 단위 연봉은 우습고, 나중에 그 사람이 따로 소속사를 키울 때 같이 나가면 어마어마한 혜택을 볼 수 있기 때문이다.

성공한 연예인이 자신의 매니저에게 집을 사 줬다고 하는 이야기가 심심치 않게 들려오는 게 이 바닥이다.

하지만 나가리가 된 상황이라면 그들은 차라리 다른 한 방을 노릴 수밖에 없기에, 그 부분을 자극하도록 1인 시위 문구를 쓰게 한 것이다.

"일단은 직원들을 최대한 포섭해야 합니다. 그리고 소속된 사람들에 대한 관리도요."

"이미 연습생들이 너무 많이 나가서……."

"연습생 이야기가 아닙니다. 계약되어 있는 연예인들 말입니다."

연예 기획사에 연예인이 없다면 앙꼬 없는 찐빵이 될 것이다.

"이미 관리 중입니다. 하지만……."

쉽지 않을 것이다.

그럴 수밖에 없는 게, 이미 한번 로비로 찍혔다.

이제 이곳에 있는 동안에 뭘 하든 로비와 조작이라는 타이틀이 붙을 수밖에 없다.

드라마 출연을 잡아도 로비와 조작이라는 타이틀이 붙을 테고, 방송에 자주 출연해도 로비와 조작이라는 소리가 나올 것이며, 예능에 나가도 마찬가지일 것이다.

"그 정도는 감안하고 남는 사람들과 계약을 유지하려면…… 하아."

당연히 이쪽에서 수익을 대폭 포기해야 한다.

그러면 당연히 투자자들은 지랄하기 시작할 테고.

"환장하겠네."

조작 때문에 끝으로 달려가는 그들의 미래는 결코 밝아질 수가 없어 보였다.

"일단 우리가 할 수 있는 건 다 하고, 그냥 조용히 숨죽이고 있으면 될 겁니다. 두 달만 지나면 다들 잊어버릴 테니까."

결국 지금만 어떻게 잘 넘기자는 허무한 결론의 장황한 회의가 되어 버렸지만, 상황은 그렇게 흘러가지 않았다.

노형진이 그렇게 둘 생각이 없었다는 게 정확한 표현일 것이다.

띠링.

세 회사의 사장들은 자신들에게 날아온 문자에 뭔가 하고 핸드폰을 확인했다.

동시에 모든 사장에게 문자가 오는 것이 결코 좋은 일은 아닐 테니까.

그리고 예상대로, 그들은 파리한 얼굴로 핸드폰을 떨굴 수밖에 없었다.

⚖

"소송 당사자 5만 5천 명? 이게 가능한 겁니까?"

무태식은 기가 막혀서 말이 안 나왔다.

사실 소송 당사자를 모집하는 것은 절대 쉬운 일이 아니다.

일단 큰돈이 되지 않는 경우에는 사람들이 욕은 할지언정 소송까지 가지는 않으려는 성향이 강하다. 귀찮으니까.

심지어 개인 정보 보호법 위반으로 집단소송을 할 때도 그 당사자가 1천 명을 넘는 경우는 드물었다.

그런데 이번 소송 당사자는 무려 5만 5천 명이다.

"학교를 공략했습니다, 후후후."

"학교요?"

"네. 이런 투표에 가장 열광하는 게 누구겠습니까? 당연히 학생들이지요. 특히 이번 방송은 보이 그룹을 기반으로 만들어져서 여학생들의 참여가 무척이나 높을 수밖에 없었습니다."

노형진은 학교 앞에 사람들을 보내서 소송에 참가하라고 독려했고, 여학생들은 배신감에 너도나도 참여하겠다고 했다.

"하지만 이게 가능하다고요? 하지만 현장에서 받는 건 쉽지 않았을 텐데요. 더군다나 부모들이 허락할지…….”

“물론 그곳에서 다 하려면 힘들죠.”

노형진은 대신에 학교에서 나오는 학생들에게 신청서를 주면서 접수할 수 있는 방법을 알려 줬다.

단단히 화가 난 상태였던 여학생들은 신청서를 가지고 가서 스스로 부모님을 설득한 후 내용을 작성하여 새론으로 보낸 것이다.

“아무리 그래도, 부모님이 그렇게 쉽게 허락해 줬다고요?”

노형진은 피식 웃으면서 서류를 건넸다.

“한번 보시겠어요? 그 신청서입니다.”

신청 서류와 부모님에게 보내는 글이 적혀 있는 전단지.

그걸 받아 든 무태식은 혀를 내둘렀다.

다른 부분이야 그렇다고 해도 정확하게 핵심을 찌르는 부분이 있었기 때문이다.

현실적으로 이러한 소송을 통해 피해자를 구제할 수 있을 뿐만 아니라 사회적 진실과 정의에 대해 아이들에게 교육할 수 있는 적절한 기회가 될 것입니다.

“한국에서는 교육만큼 확실한 카드도 없지요.”

이미 언론에서 신나게 씹어 대고 있는 판국에 아이들 교육까지 엮여 버렸으니 부모 입장에서는 이게 나쁘다고 생각할 수 있을 리가 없다.

더군다나 크게 해야 하는 것도 아니고 고소인에 이름만 올리면 모든 건 다 새론에서 알아서 하고, 아이들은 그걸 뉴스와 인터넷으로 보면서 배운다는 점이 마음에 들었을 것이다.

"그러니 대부분은 어지간하면 도장을 찍어 줄 겁니다. 나쁜 짓이 아니니까요."

"물론 경찰 입장에서는 전혀 다른 문제일 테지만요."

무려 5만 명이 넘는 사람들이 업무상 배임으로 방송국을 고발했다.

이건 다시 한번 이슈가 될 수밖에 없으니, 현실적으로 방송국에 가해지는 압박은 어마어마할 것이다.

"그리고 그 애들은 자연스럽게 방송국 허가 취소 운동으로 흘러갈 겁니다."

노형진의 말에 무태식은 고개를 갸웃했다.

"그래서 말인데요, 애초에 그곳은 방송 허가 자체가 안 나오는 곳 아닙니까?"

한국의 법은 상당히 복잡하다.

그래서 사람들이 잘 모르는 게 있는데, 그건 바로 모든 방송국이 다 허가제인 것은 아니라는 거다.

정확하게 말하면 보도, 즉 시사 프로그램을 하기 위해서는 허가가 필요하다.

하지만 이번 일이 벌어진 방송국은 시사 프로그램이나 사회 프로그램은 전혀 없이 단순히 예능만을 틀어 주는 채널이었고, 그런 경우 허가가 필요 없이 신고만 하면 영업할 수 있다.

즉, 사회적으로 노형진이 허가 취소를 요구하는 운동을 선동하고 있지만 그건 불가능하다. 애초에 허가 자체가 없으니까.

"압니다. 하지만 그렇다고 해서 그들에게 가해지는 압박이 약해지는 건 아니죠."

현실적으로 아무리 조작했다고 하지만 그들이 사라질 가능성은 낮다. 아니, 불가능하다.

'원래 역사에서도 그렇지.'

본사가 워낙 빵빵한 기업이기에 아무리 국민들이 날고뛰어도 없앨 수는 없다.

다만 당분간 시청률의 하락은 어쩔 수 없겠지만, 그 정도에는 눈도 깜짝하지 않는 게 그들이다.

'애초에 그런 것에 신경 썼다면 조작도 안 했겠지.'

원래 역사에서도 그들은 철저하게 국민들을 무시하면서 결국 꼬리 자르기로 사건을 무마했다.

그건 언제나 벌어지는 일이다.

"그리고 국민들은 그런 자세한 정보는 모르는 법이거든요."

국민들은 방송국들은 다 허가를 받아야 한다고 생각한다.

"그런데 허가 취소 불가라는 뉴스가 나가면 어떨까요?"

"그렇게 되면……."

무태식은 생각에 잠겼다.

답은 간단하다.

사회 전반적으로 이 일이 다시 수면 위로 올라가게 될 것이다. 그리고 그 뒷배경인 대기업 역시 표적에 들어갈 수밖에 없게 된다.

국민들이 보기에는 이 방송국 허가 취소 불가라는 말이, 대기업이 압력을 행사한 결과라고 생각할 수밖에 없으니까.

⚖

─이번 사태에 대해 모든 책임을 지고 물러나도록 하겠습니다.

방송에 나와서 고개를 숙이는 방송국의 사장.

원래 역사에서는 없었던 일이다. 결국 사장은 사과하지 않았고, 꼬리가 잘린 PD 몇 명과 이사 몇몇만 감옥에 가는 선에서 해결된 일이었다.

그러나 본사가 엮이기 시작하자 문제가 달라졌다.

본사 입장에서는 이걸 본사에까지 불똥이 튀게 만든 사장을 가만둘 수가 없었고, 사장은 바로 그 자리에서 목이 날아갔다.

"아예 방송국을 날려 버리고 싶었지만……."

노형진은 입맛을 다셨다.

애석하게도 그건 불가능했다. 허가제가 아니라 등록제이기 때문이다.

"노 변호사님이라면 산다고 덤빌 줄 알았는데요. 그래도 저런 채널 하나 있으면 좋지 않아요?"

민시아 변호사는 미소 지으며 말했다. 자신이 의뢰하기는 했지만 설마 이 정도로 방송국을 작살낼 줄은 몰랐으니까.

기껏해야 PD나 날려 버릴 줄 알았는데, 결국 사장을 비롯하여 방송국의 이사진과 국장들 전원의 목을 잘라 버렸다.

"좋지요. 안 그래도 저도 살까 했습니다. 하지만 본사 쪽에서 거절하더군요."

어찌 되었건 이건 오래갈 수는 없는 문제다.

시간이 지나면 사람들은 이번 일을 잊어버릴 테고 다시 방송을 보게 될 것이다.

"그걸 알고 있으니 당연히 팔려고 하지 않을 겁니다."

"아깝네요. 진짜 영혼까지 털어 버리는 게 좋을 거라고 생각했는데."

"저도 그러고 싶었지요. 하지만 가뜩이나 적이 많으니 저쪽 본사랑 싸우는 건 참아야지요."

"결국 필요에 의한 후퇴다?"

"맞습니다."

민시아의 말에 노형진은 고개를 끄덕거렸다.

"그리고 제가 모든 걸 다 하는 것도 좋지 않습니다. 누구나 부패의 가능성은 가지고 있습니다. 그건 저 역시도 마찬가지이고요."

지금이야 정의를 위해 싸우려고 생각하고 있지만 나중에 자신이 나이 먹고 어떤 생각을 하게 될지는 모를 일이다.

　　"중요한 것은 지금 신념을 지키기 위해 노력하는 거지요. 그리고 다양성은 제 신념 중 하나입니다. 모든 걸 누군가가 다 가지면 사회에 좋은 게 없습니다."

　　"하지만 누군가는 신념을 위해 강한 힘을 가지고 있어야 한다는 거고요?"

　　"맞습니다."

　　"복잡하네요, 복잡해."

　　민시아 변호사는 고개를 절레절레 흔들었다.

　　"원래 변호사 업무가 복잡한 겁니다."

　　"아…… 진짜 생각 잘못했어요. 복직하지 말걸."

　　"다시 휴직하시겠어요?"

　　"아니요."

　　민시아는 피식 웃었다.

　　"두 꼬맹이 악마들보다는 다른 악마들과 싸우는 게 속이 더 편하네요."

　　"하하하! 전쟁터에 오신 걸 환영합니다."

　　노형진은 크게 웃으며 그녀를 반겼다.

이것이 자본주의적 일본 침략

전쟁은 돈으로 한다.

그건 진리다.

그리고 그 진리에 따라 노형진은 일본에 전쟁을 선포할 생각이었다.

"뭐?"

노형진이 일본에 대한 공략법을 가지고 왔을 때, 유민택은 어이가 없어서 되물었다.

"일본을 침략하자고?"

"네. 이제 슬슬 일본을 작살낼 시기 아닙니까?"

"작살이라……. 한국인으로서 참으로 반가운 말이지만 말일세, 그게 가능하겠나? 진짜 전쟁을 하자는 것도 아니고."

일본은 현재 상황이 많이 안 좋다.

노형진의 손아귀에 놀아나면서 경제는 빠르게 폭삭 망해 갔고, 대동의 내전은 끊임없이 내부에서 갉아먹고 있었다.

거기에다 한국의 물건들이 빠르게 일본에 퍼지기 시작하면서 그나마 버티던 일본의 자국 산업도 흔들리고 있다.

"설마 제가 일본을 혼내는 게 그냥 경제를 조금 흔드는 정도일 거라고 생각하신 겁니까?"

"그건 아니네만, 침략은 전혀 다른 문제인 것 같은데."

"침략이라고 말했지만 그렇다고 진짜로 군대를 밀어 넣진 않을 겁니다, 하하하하."

아무리 일본이 자위대라고 깔보인다고 하지만 그들이 쓰는 한 해의 방위비는 전 세계적인 레벨이다.

그들을 정복하려면 용병 몇 고용하는 걸로는 턱도 없다.

"설사 고용한다고 해도, 다른 나라에서 그걸 두고 볼 리도 없고요."

"그러면 어쩔 생각인가?"

유민택은 고개를 갸웃했다.

지금까지 처리할 엄두도 낼 수 없는 문제를 많이 봐 왔지만 그때마다 노형진의 계획은 너무나 기발해서 상상도 못 할 지경이었다.

"땅을 살 겁니다."

"땅? 일본에?"

"네."

유민택은 어이가 없다는 표정이 되었다.

"그게 말이나 되나? 땅 좀 산다고 해서 달라지는 건 없네. 그 땅을 산다고 국적이 바뀌는 것도 아니고."

한때 하와이 땅의 3분의 2가 일본인의 소유였던 시절이 있었다.

일본이 버블 경제이던 시절, 일본 땅을 다 팔면 미국을 다 살 수 있다고 하던 시절이었다.

"하지만 그랬다고 해서 하와이가 일본 땅이 되는 건 아니지."

"압니다. 하와이는 그렇지요. 하지만 후쿠시마 주변은 전혀 다른 이야기입니다."

"뭐? 후쿠시마? 아니, 거기를 왜 사? 자네 미쳤나?"

절대 쓸 수 없는 땅.

최소한 100년 이상은 사람이 살 수 없다고 하는 땅.

그게 바로 후쿠시마 주변이다.

그곳에 퍼진 방사능의 반감기는 30년이다.

반감기란 방사능이 반으로 줄어드는 기간을 뜻한다.

즉, 30년 후에는 그 지역이 깨끗해지는 게 아니라, 30년이 지나면 그 지역에서 나오는 방사능이 지금의 절반으로 줄어든다는 의미다.

후쿠시마에서 뿜어져 나오는 방사능의 수치가 100이라고 가정하면 30년 후에는 50이 되며, 60년 뒤에는 25, 90년 뒤에는 12.5, 120년 뒤에는 6.25, 150년 뒤에는 3.125가 된다.

그런데 인간에게 인정된 안정 수치는 대략 2 정도다.

"압니다. 그래서 일본에다가 제가 경제적 핵폭탄을 하나 떨구려고 하는 거고요."

노형진은 목소리를 낮추며 말했다.

이건 절대 바깥으로 새어 나가서는 안 될 계획이니까.

"후쿠시마는 지금까지 세금을 안 냈습니다."

"그건 알지."

"그리고 그게 끝났지요."

"끝났다?"

"네. 공식적으로 일본은 후쿠시마의 재건을 완료했습니다."

웃긴 일이지만 진짜로 그렇다.

일본은 눈 가리고 아웅 하는 수준으로 대충 무마하고는 재건이 완료되었다고 주장하고 있다.

"말도 안 되는 개소리지요."

후쿠시마보다 더 작은 사건이었던 소련의 체르노빌조차도 복구가 안 되었다.

그런데 제대로 작업하지도 않은 후쿠시마의 재건이 완료되었다? 말도 안 되는 소리다.

"그건 알지."

그건 일본의 경제적 문제 때문이다.

일본이 방사능오염 지역은 어마어마하게 넓기에, 그 사실을 인정하면 일본은 파산을 면하지 못한다.

아무리 적게 잡아도 오염 지역이 국제 기준으로 5분의 1 이상이라고 하니까.

야베노믹스를 통해 거품을 강제로 만들어 버티고 있는 일본 입장에서는, 그 지역을 살릴 수 없다면 국가파산은 확정적이다.

"그래서 일본이 올림픽을 하려고 그 난리 아닌가?"

올림픽을 통해 자신들이 재건되었다고, 다시 일어났다고 홍보하기 위해서다.

"맞습니다."

노형진은 고개를 끄덕거렸다.

그래서 일본은 올림픽 경기장도 후쿠시마 방사능오염 지역 내에 만들어 둔 상황이다.

"그런데 여기에 재미있는 부분이 있지요. 아시다시피 일본은 지금까지 그 지역에서 세금을 걷지 않았습니다."

공식적으로 그 지역은 비상 재해 지역으로 선포되었기에 당연히 세금을 걷지 않았다.

"그리고 일본은 재건 선포를 했지요. 그러면 여기에서 논리적인 충돌이 발생합니다."

재건은 끝났다.

그리고 후쿠시마 지역은 멀쩡하다는 일본 정부.

그 상황에서 후쿠시마 지역이 비상 재해 지역으로 되어 있다는 것은 말이 안 된다.

비상 재해 지역이 있다는 건 재건이 끝나지 않았다는 의미니까.

"그래서 일본은 재해 지역 선포를 취소해 버렸지요."

"거기까지는 알고 있네. 얼마 전에 뉴스를 봤지."

고개를 끄덕거리는 유민택.

하지만 그것과 일본 침략이 무슨 관계가 있단 말인가?

"여기서 문제가 되는 게 세금입니다."

"세금?"

"그렇습니다. 일본은 땅에 관한 세금이 무척이나 센 편입니다. 아주 세죠."

한국의 땅의 세율도 높지만, 일본의 집이나 땅에 대한 세율에 비할 바가 못 된다.

"지금까지는 면제해 주었지만 이제 재해 지역이 아닌 만큼 세금을 걷으려고 하겠지요. 하지만 생각해 보십시오. 일본 정부가 재해 지역이 아니라고 한들, 그 지역 사람들이 거기에 들어가서 살려고 하겠습니까?"

그럴 리가 없다. 그 지역에서 탈출한 사람들에게는 눈 가리고 아웅 하는 게 뻔하게 보일 테니까.

당장 방사능 측정기를 들고 집 근처에만 가도 미친 듯이 삑삑거릴 게 뻔한데 거기에 들어갈까?

더군다나 그 지역의 재건 작업은 제대로 진행도 되지 않았다.

원래 역사에서도 기업들이 돈을 빼돌리는 바람에 재건이 늦어졌는데, 이번에는 노형진이 사전에 외국인 노동력을 차단해 버리는 바람에 재건은커녕 아예 사고 그날로부터 아무도 안 들어간 지역도 많았다.

"당연히 안 들어가지, 진짜 미친놈이 아니고서야."

"맞습니다. 그런데 국민들 입장에서는 이게 환장할 노릇이 되는 거죠."

일본의 세율은 어마어마하다.

특히나 후쿠시마 사태 이후에 일본 정부는 어떻게 해서든 세율을 높여서 구멍 난 재정을 메우려고 했고, 그 바람에 가뜩이나 높던 땅과 집에 대한 세율이 더 높아졌다.

"들어가려면 최소 150년은 걸립니다. 방사능 수치가 높은 곳은 더 걸리겠지요."

그것도 방사능 수치가 100일 때나 150년인 거지, 그 이상이면 상상을 초월할 정도로 늘어난다.

그리고 천 단위가 넘는 곳도 있는 만큼, 그런 곳은 수백 년을 들어가지 못하게 된다.

"더군다나 일본 법에는 이상한 규정이 있습니다."

"이상한 규정?"

"만일 후쿠시마 사태로 피난했던 사람이 다른 지역으로 이사해 버리면 지난 몇 년간의 세금을 한 번에 내야 합니다."

"응?"

순간 유민택은 이해가 가지 않아서 되물었다.

사실 이해가 안 가는 게 정상이다.

"세금을 한 번에 낸다니, 그게 무슨 소린가? 뭐, 일시불로 얼마를 내야 한다는 거야?"

"아니요, 그게 아닙니다. 말 그대로 긴급 재난 규정으로 인해 내지 않았던 세금을 모두 내야 합니다."

"그게 말이나 되나?"

긴급 재난 규정이라는 게 뭔가?

결국 해당 지역에 비상사태가 일어났으며 그로 인해 세금 자체가 발생하지 않는다는 소리다.

당연히 주민이 다른 지역으로 완전히 이사를 한다고 해도 세금이 발생하지는 않는다.

애초에 없는 세금이니까.

"하지만 일본은 아니죠."

그들은 재건을 위해서, 아니 재건이라는 가면을 쓰기 위해 국민들을 후쿠시마에 밀어 넣고 있었다.

그중 하나가 바로 주소지를 옮기는 경우 후쿠시마 사태 이후에 밀린 모든 세금을 한 번에 내도록 하는 것이었다.

"뭐 그런 법이 다 있어?"

"일본이니까요."

일본에서 국민이란 사회의 구성원이 아니라 사회, 아니 정치인들과 귀족들을 위한 소모품이라는 개념이 더 강하다.

실제로 과로로 인해 사망자가 나왔던 회사에서 인터뷰를 할 때 그 회사의 답변은, 업무량을 줄이거나 직원들의 건강을 챙기겠다는 게 아니라 과로사에 대비해서 병원과 계약하겠다는 것이었다.

사실 과로사는 대부분 심장마비를 동반하고 병원까지 가는 데 5분 이상 걸리니 차라리 제세동기를 설치하는 것이 나을 테지만, 그런 장비는 비싸니까 대신에 돈을 안 줘도 되는 병원과의 회피성 계약으로 상황을 벗어나겠다는 거다.

"그런 나라에서 국민들을 그대로 둘 리가 없지요."

재건을 홍보하기 위해 방사능오염 구역으로 국민들을 밀어 넣으려고 하는 일본.

정상적인 나라에서는 있을 수가 없는 일이다.

"더군다나 그 사람이 딱히 잘못한 것도 없거든요."

그저 다른 곳에서 농사를 짓기 위해 땅을 사고 실거주지를 바꾸는 게 목적이었다.

쉽게 말해서, 원래 부산에 살다가 대구로 이사해서 주민등록상 거주지를 대구로 바꾸려고 한 것뿐이다.

"그런데 그렇게 한다라……. 일본이 다급하기는 한 모양이군."

"맞습니다."

그리고 노형진은 그 부분에서 약점을 찾았다.

"그래서 제가 일본 침략을 하려고 하는 겁니다."

"일본의 후쿠시마를 산다?"

"네. 지금 가격이 얼마나 싸겠습니까?"

사실 세금 문제 때문에 거의 똥값이나 마찬가지다.

아무리 팔려고 내놔도 사려고 하는 미친놈은 없으니까.

"그런데 또 일본은 땅을 포기할 방법이 없습니다."

한국 같으면 소유자가 포기하는 순간 자연스럽게 그 소유권은 국가로 넘어온다.

하지만 일본은 법적으로 땅의 소유권을 포기할 방법이 없다.

"다시 말해서, 최소한 150년은 못 사는 땅에 대해, 그 땅의 주인들은 매년 어마어마한 세금을 내야 한다는 겁니다."

그 땅의 주인으로서는 미치고 팔짝 뛸 일이다.

차라리 거기를 팔고 나갈 수 있다면, 아니 누군가에게 떠넘기고 벗어날 수 있다면 그럴 것이다.

"그렇다면……!"

"맞습니다. 그 땅을 사려고 생각 중입니다. 일단은 똥값이니까요."

지금 그곳의 가격은 터무니없이 낮다.

"설마 150년이나 기다렸다가 재건한다는, 뭐 그런 계획은 아니지?"

"에이, 설마요."

노형진은 피식 웃었다.

그럴 리가 있겠는가, 150년 후에는 자신도 살아 있지 못할 텐데.

"제 계획은 일본에 장기적인 압박을 가하는 것입니다."

"장기적인 압박?"

"그들이 그렇게 서둘러서 움직이는 건 재건이라는 쇼를 위해서이기도 하지만 돈이 목적이기도 합니다."

"그렇지."

"그런데 여기서 문제는 세금입니다."

세금을 매기려면 그 가치에 대한 기준을 정해야 한다.

그런데 현실적으로 후쿠시마나 그 주변 오염 지역의 가치는 제로다.

거기서 살면 사람이 죽으니까.

"그런데 일본은 세금을 뜯기 위해 터무니없는 가치를 매겨 버렸지요."

그래서 세금이 많은 것이다.

"그래서?"

"그래서 저는 그 땅을 산 이후에 세금을 내지 않을 생각입니다."

"세금을 안 낸다고?"

"그렇습니다."

"그러면 결국 그 땅을 빼앗기는 거 아닌가?"

"그게 목적입니다."

일본에서는 땅의 소유권을 포기할 수 없다.

그런데 막대한 땅을 사고 세금을 한 푼도 내지 않는다?

"그러면 일본 정부는 결국 그 땅을 경매에 부칠 겁니다."

그러나 경매를 한다고 해서 그 땅이 팔릴 리가 없다.

당연히 그 땅은 결국 국가 소유가 된다.

"그런데 일본이 아무리 세금이 많다고 해도, 그 땅을 다 빼앗지는 못할 거거든요."

헐값에 사들인 후쿠시마와 그 인근 지역은 당연히 폐허로 남을 거다.

"그리고 일본은 자본주의국가지요."

그 말은, 한 지역의 땅을 무조건 빼앗을 수는 없다는 뜻이다.

"제가 거기에 대한 재건이나 재개발을 반대한다면 어떻게 되겠습니까?"

"허어!"

유민택은 머리가 팽팽 돌아갔다.

"재건 같은 건 개소리가 되는 셈이군."

재건을 하든 뭘 하든, 결국 사람이 들어가야 한다.

그런데 그 땅의 주인인 노형진이 사용을 못 하게 한다면?

"일본의 재건이라는 건 완전 개소리가 되는 거지요."

작은 땅도 아니고 큰 땅이 그렇게 텅 빈 채로 남게 되면 일본에는 경제적인 압박이 될 수밖에 없다.

"더군다나 지금 일본에서는 이제부터 그 지역에서 세금이 들어올 거라 생각하고 있습니다."

하지만 세금이 들어오지 않으면 그만큼 예산에 구멍이 나게 된다.

"안 그래도 흔들리는 일본 재정에 치명타가 되겠군."

"네, 제 계획은 그겁니다. 물론 다른 계획도 하나 있고요."

"다른 계획?"

"네."

"뭔데?"

"그건 비밀입니다."

노형진은 씩 웃으며 말했다. 아직은 때가 아니니까.

"하지만 일본은 이번에 속 좀 썩을 겁니다, 후후후."

다음 권으로 이어집니다

꿈의 도약, 로크에서 하십시오
(주)로크미디어에서 신인 작가를 모십니다

즐거운 세상, 로크미디어는 꿈을 사랑하고 도전을 두려워하지 않는 작가 분들의 참신한 작품을 기다리고 있습니다. 21세기 장르 문학계를 이끌어 갈 차세대 선두 주자 (주)로크미디어에서 여러분의 나래를 활짝 펴 보시길 바랍니다.

모집 분야 판타지와 무협을 포함한 장르 문학
모집 대상 아마추어 작가, 인터넷 작가
모집 기한 수시 모집

작품 접수 시 유의 사항

1. 파일명은 작가명_작품명.hwp형식을 갖춰 주십시오.
1. 파일에 들어갈 내용은 다음과 같습니다.
   - 성명(필명인 경우 실명을 밝혀 주세요), 연락처, 이메일 주소
   - 제목, 기획 의도
   - A4용지 1장 분량의 등장인물 소개
   - A4용지 2장 분량의 전체 줄거리
   - 본문
1. 작품이 인터넷에 연재되고 있다면, 게시판명과 사이트의 구체적이고 정확한 주소를 기재해 주십시오.

선택된 작품은 정식 계약 후 출판물로 간행되어 전국 서점에 유통됩니다.
작가 분은 (주)로크미디어의 전폭적인 지원하에 전속 작가로 활동하시게 됩니다.
※ 자세한 내용은 로크미디어 홈페이지(rokmedia.com)를 참조하세요.

(03920)서울시 마포구 성암로 330 DMC첨단산업센터 3층 318호
(주)로크미디어 편집부 신간 기획 담당자 앞
전화 : 02) 3273-5135
www.rokmedia.com   이메일 : rokmedia@empas.com

ROK
MEDIA
로크미디어

가휼 판타지 장편소설

전능하신 영주님

「아저씨 식당」 가휼 작가의 신작
이보다 더 완벽한 지도자는 없었다!

하루하루가 벅찬 인턴, 유성
별똥별을 보며 기도 한번 했더니
바르테온령의 적장자로 깨어나다!

귓가에 울리는 시스템 메시지
선대의 안배로 한 방에 소드 마스터?!

썩어 빠진 행정부 숙청부터
오랜 숙적과의 피 튀기는 전쟁에
드워프와의 역사적인 교역까지……

상상하는 모든 것을 이루어 주는
전능하신 영주님이 등장했다!